Se préparer au Grand oral du bac

TERMINALE

Une réalisation de rue des écoles

Avec la collaboration de :
Glen Grainger
Sophie Touzé (la sérénité à l'oral)

Cicéron, *De oratore*, 55 :
« Qu'y a-t-il d'aussi agréable à l'esprit comme à l'oreille qu'un discours bien poli et orné par la sagesse des pensées et le poids des expressions ? »

L'épreuve vise à améliorer les capacités d'expression orale des élèves. L'élocution, l'argumentation, le charisme, la maîtrise de la langue et celle de son corps ; telles sont les aptitudes requises. Celles-ci peuvent être plus naturelles pour certains que pour d'autres. Mais une bonne prestation orale est à la portée de tous, après un entraînement régulier et une bonne maîtrise des différentes étapes de l'épreuve. Il s'agit surtout de gagner en confiance et d'apprendre à se connaître.

La préparation du contenu de l'épreuve exige la structuration de son discours, la mémorisation de celui-ci, et l'anticipation de l'entretien. Au-delà de la performance orale, un jury se rendra bien compte de la profondeur du travail accompli. Une épreuve bien préparée tout au long de l'année est gage de réussite, même en cas de stress – et il y en a nécessairement le jour J ! – ou de manque d'aisance.

Enfin, la première génération à passer cette épreuve bénéficiera d'une certaine indulgence de la part du jury, celle-ci ne disposant que d'un peu plus d'une année pour se l'approprier.

Cet ouvrage vise avant tout à préparer au mieux l'épreuve du baccalauréat. Mais les conseils généraux et les différents exercices bénéficieront à tous ceux qui souhaitent progresser à l'oral, en particulier dans le cadre d'examens ou de concours.

Pour qu'un jury, un client ou un collaborateur soit convaincu, dans un cadre plus ou moins formel, il faut maîtriser des techniques dans l'élaboration et la communication de son propos. Cet ouvrage se propose de les développer, avec des allers-retours systématiques entre la nature précise de l'épreuve, et des astuces d'expression orale plus universelles.

MANUELS DE MATHÉMATIQUES

Des manuels de mathématiques inédits, conformes aux nouveaux programmes et accessibles à tous.

- Une place très importante donnée aux démonstrations, au raisonnement et à la créativité.
- De nombreux approfondissements permettant aux élèves ou à leurs professeurs de choisir des thèmes d'étude complémentaires.
- Une annexe dédiée à la programmation Python.

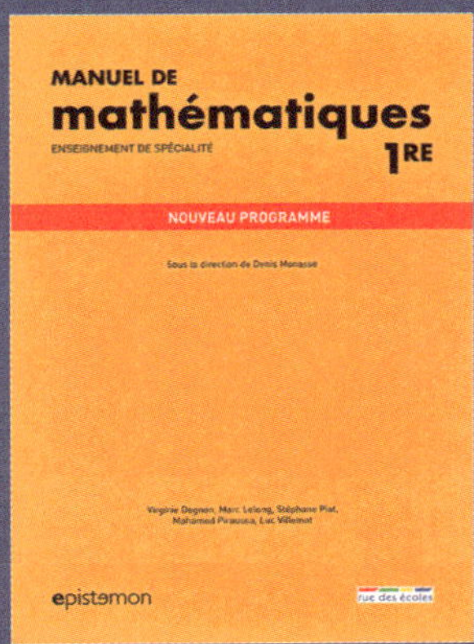

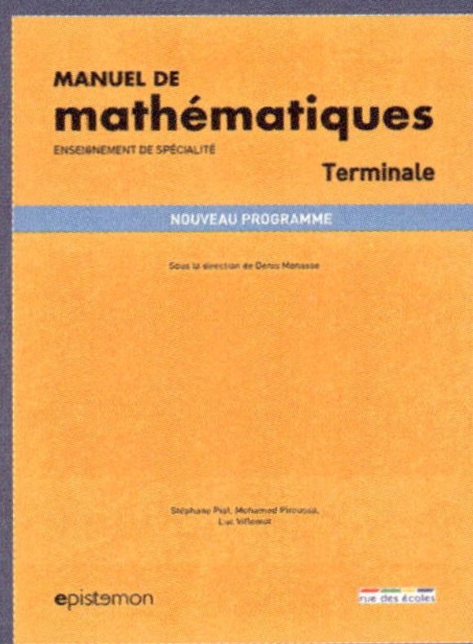

Cible : élèves de première et terminale | format : 17 x 24 cm | 272 à 480 pages | 19,50 € à 25,00 €

Retrouvez toutes nos collections pour préparer le baccalauréat sur
www.ruedesecoles.com

rue des écoles

PRÉSENTATION DE L'ÉPREUVE

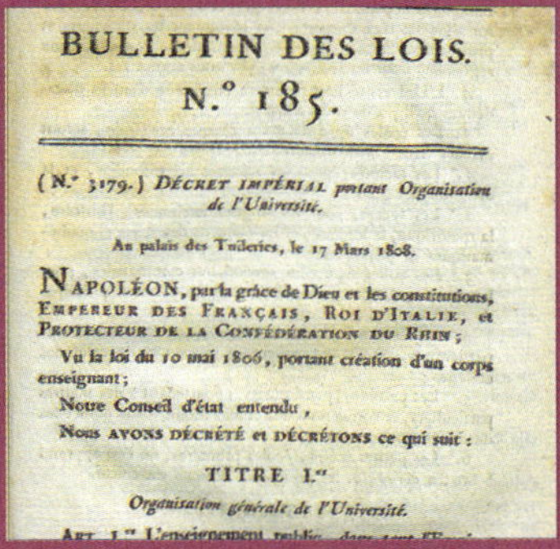
BULLETIN DES LOIS.

N.° 185.

(N.° 3179.) DÉCRET IMPÉRIAL portant Organisation de l'Université.

Au palais des Tuileries, le 17 Mars 1808.

NAPOLÉON, par la grâce de Dieu et les constitutions, EMPEREUR DES FRANÇAIS, ROI D'ITALIE, et PROTECTEUR DE LA CONFÉDÉRATION DU RHIN;

Vu la loi du 10 mai 1806, portant création d'un corps enseignant;

Notre Conseil d'état entendu,

NOUS AVONS DÉCRÉTÉ et DÉCRÉTONS ce qui suit :

TITRE I.er

Organisation générale de l'Université.

ART. 1.er L'enseignement public

Présentation de l'épreuve

Coefficient : 10

Temps de préparation : 20 minutes
Temps de passage : 20 minutes

Une épreuve nouvelle

La réforme du baccalauréat général et technologique, proposée par le ministre de l'Éducation nationale Jean-Michel Blanquer, et entérinée par le décret n° 2018-614 du 16 juillet 2018, donne lieu à de nombreuses nouveautés, parmi lesquelles la création d'une épreuve orale dite « Grand oral », en fin de classe de terminale. Celle-ci, qui concerne tous les élèves de la série générale (coefficient 10) et des séries technologiques (coefficient 14), n'existait sous aucune autre forme jusqu'à présent – même si elle coïncide avec la disparition des travaux personnels encadrés (T.P.E.) de la classe de première.

Les objectifs de l'épreuve

Vous devez être capable de **prendre la parole** face à un jury **de façon claire et convaincante**. Il faut utiliser les **savoirs** que vous avez acquis dans vos enseignements de spécialité pour nourrir un **exposé argumenté** et des réponses à des questions dans le cadre d'un entretien. Vous devez enfin montrer comment ces savoirs s'inscrivent dans votre projet d'**études supérieures**, voire dans un projet **professionnel**.

Le déroulement de l'épreuve

L'épreuve, d'une durée totale de 20 minutes, a lieu devant un jury de deux professeurs extérieurs à votre lycée, dont l'un au moins enseigne l'une de vos deux spécialités. Elle se déroule en trois temps.

La présentation d'une question (5 minutes)

Au début de l'épreuve, vous présentez **deux questions** au jury, inscrites sur un document officiel signé par vos professeurs de spécialité. Ces questions portent sur les deux enseignements de spécialité. Vous pouvez concevoir une question sur chacun d'entre eux, mais aussi les aborder de manière transversale. Elles incarnent chacune un **projet** que vous avez construit bien en amont de l'oral. Leur principe consiste à mettre en lumière un des grands enjeux du programme de ces enseignements.

Votre jury choisit une des deux questions. Vous disposez alors de vingt minutes de préparation pour mettre en ordre vos idées et surtout réaliser un support que vous remettrez au jury sur une feuille qui vous aura été fournie au préalable. Ce support, facultatif, ne fait pas l'objet d'une évaluation.

Votre exposé, d'une durée de cinq minutes, se fait sans aucune note. Vous y expliquez pourquoi vous avez choisi de préparer cette question pendant votre formation, vous la développez et y répondez.

L'échange avec le candidat (10 minutes)

Le jury vous interroge ensuite afin que vous **précisiez** et **approfondissiez** votre pensée. Les questions sont susceptibles de porter sur n'importe quelle entrée du programme de vos enseignements de spécialité. Sont alors testées la **solidité de vos connaissances** et vos **capacités argumentatives**.

Si la question choisie est adossée à une spécialité de langue vivante, chacun des deux premiers temps de l'épreuve peut se dérouler dans la langue concernée, selon votre choix.

L'échange sur le projet d'orientation du candidat (5 minutes)

Dans la continuité de l'échange précédent, le jury vous invite ensuite à expliquer en quoi la question traitée éclaire votre projet de **poursuite d'études**, voire votre **projet professionnel**. Vous exposez les différentes étapes de la maturation de votre projet (rencontres, engagements, stages, mobilité internationale, intérêt pour les enseignements communs, choix de ses spécialités, etc.) et la manière dont vous souhaitez le mener après le baccalauréat.

Le jury mesure votre capacité à conduire et exprimer **une réflexion personnelle** témoignant de votre **curiosité intellectuelle** et votre aptitude à **exprimer vos motivations**.

Votre exposé de cinq minutes s'effectue debout. Pour les deuxième et troisième temps de l'épreuve, vous avez le choix entre vous asseoir et rester debout.

Évaluation de l'épreuve

Cinq critères sont valorisés :

- Qualité **orale** de l'épreuve : le propos doit être clair, l'expression précise et élégante.
- Qualité de la **prise de parole en continu** : le rythme, le ton et la voix doivent être maîtrisés sur des temps de parole longs.
- Qualité des **connaissances** : elles doivent être solides, et des liens clairs et pertinents doivent être tissés entre les différents champs de savoirs, notamment entre les matières.
- Qualité de **l'interaction** : le dialogue doit être fluide et équilibré, avec une prise en compte attentive des questions posées et une autonomie dans la parole.
- Qualité et construction de **l'argumentation** : elle doit être logique, convaincante, mais aussi traversée par un esprit critique.

Un oral formel

Cette nouvelle épreuve orale comporte des **étapes codifiées**, à respecter scrupuleusement. L'attitude et la communication occupent une place majeure dans l'évaluation.

Quand vous arrivez en terminale, vous avez déjà sûrement passé au moins deux épreuves orales formelles : l'histoire des arts pour le brevet des collèges en troisième, et l'épreuve orale de français en première. Mais si dans les deux cas l'expressivité, le charisme et la communication jouent un rôle non négligeable, il est possible d'obtenir une très bonne note grâce au seul contenu de votre exposé et de vos échanges. Un ton monotone, un regard fuyant et une attitude de repli sur soi ne sont pas sanctionnés sévèrement, surtout si les connaissances sont précises et complètes.

Le Grand oral, lui, met davantage l'accent sur **la prestation elle-même**, donc sur la **forme**. Conçu comme une épreuve spécifique, il ne se réduit pas à une réplique des épreuves écrites de vos enseignements de spécialité.

Les connaissances

L'épreuve nécessite-t-elle pour autant moins de connaissances ? Certainement pas ! Et ce, pour trois raisons.

D'abord, l'exposé de cinq minutes doit être nourri de savoirs précis et clairement exprimés. Toute hésitation dans les connaissances rend l'exposé bancal. Il en va de même pour la dernière partie de l'épreuve, où vous associez la question traitée à un projet personnel. Il est indispensable d'avoir les idées claires pour établir un lien pertinent avec votre poursuite d'études ou vos aspirations professionnelles.

L'entretien de dix minutes peut vous conduire non seulement à approfondir votre exposé, mais aussi à répondre à des questions portant sur le programme de vos spécialités. Dans les deux cas, seules les connaissances peuvent réellement vous venir en aide.

La solidité des connaissances contribue grandement à la confiance en soi dans l'expression orale. Maîtriser son sujet et savoir l'expliquer à autrui permettent de gagner sinon en charisme, du moins en force de conviction.

Le support

Même si le texte officiel en rend l'utilisation facultative, il sera vivement conseillé d'utiliser le support pour :

- écrire certains noms propres ;
- faire un schéma, un graphique... ;
- écrire les deux parties du plan de son exposé.

Ralph Waldo Emerson.

→ Ralph Waldo Emerson, *La Confiance en soi* (1841)

Dans cet essai, le grand philosophe américain Ralph Waldo Emerson (1803-1882) associe la confiance en soi à l'épanouissement personnel et à l'anticonformisme. « Aie confiance en toi : chaque cœur vibre à cette corde de fer », conseille-t-il, près de deux siècles avant l'apparition des coaches de vie. Prendre confiance en soi, c'est s'exprimer avec ses propres mots, ses propres idées et ses propres aspirations, quels que soient les cadres imposés et les jugements de la part d'autrui. « N'allez pas là où le chemin vous mène. Allez là où il n'y a pas encore de chemin et laissez une nouvelle trace. »

Certes, l'épreuve dessine un cadre auquel il faut se conformer. Mais ses modalités vous invitent à formuler une compréhension intelligente et subjective du monde, à travers les spécialités que vous avez suivies, mais aussi vos projets d'avenir. Une préparation sérieuse à l'épreuve contribue ainsi à vous affirmer.

Pendant les vingt minutes de préparation, plutôt que de simplement méditer, autant exploiter ce support. Il permettra d'organiser votre esprit, et, si vous êtes peu à l'aise à l'oral – malgré la préparation et l'entraînement –, de guider votre jury.

Exercez-vous à concevoir des supports, afin qu'ils soient bien présentables le jour J. Mais il ne faut pas trop en mettre : il serait dommage de ne pas pouvoir faire référence à tout le support pendant l'exposé. Cela donnerait l'impression d'avoir mal exploité son temps de parole.

Une préparation enrichissante

Au-delà de l'obtention d'une bonne note – objectif tout à fait louable ! – la préparation sérieuse à cette épreuve constitue une occasion pour :

- étoffer son vocabulaire général et technique ;
- gagner en aisance à l'oral ;
- mettre un pied dans l'après-bac ;
- associer connaissances précises et perspectives personnelles.

Autant faire d'une pierre deux coups et, tout en se préparant pour un examen important, développer des compétences dont vous tirerez profit à court terme.

La prise de risque

L'épreuve vous encourage à oser vous livrer pour vivre le plaisir de l'oral. Un tel plaisir peut aller de pair avec du stress, que subissent même les orateurs les plus chevronnés. Mais pour accéder à un tel plaisir, il faut enrayer l'angoisse de commettre des maladresses ou de se tromper.

L'art de parler en public – que ce soit devant un jury de deux personnes ou une assemblée plus large – revient à rendre convaincant, par votre engagement, ce dont vous êtes convaincu.

→ Les prémices du baccalauréat

Depuis sa création par le décret organique du 17 mars 1808, dont Napoléon est à l'origine, le baccalauréat a connu des évolutions considérables. De 32 bacheliers lors de la première session en 1809, puis 656 en 1810, à 665 927 en 2019, le baccalauréat concerne une part de plus en plus importante de la population. Si son prestige n'est plus le même, il n'en demeure pas moins la porte d'entrée indispensable dans l'enseignement supérieur.

Lors des trente et une premières sessions, l'examen du baccalauréat était unique et quasi exclusivement oral. Les épreuves des différentes matières consistaient surtout en une explication de texte, qui aboutissait à une conversation libre avec le jury, pour apprécier la valeur du candidat.

L'épreuve renoue donc d'une certaine façon avec les principes fondateurs du baccalauréat. Les dix minutes d'échange du candidat avec le jury rappellent en effet les interrogations des tout premiers bacheliers. Ils étaient évalués sur leurs connaissances, qui devaient être précises et approfondies, mais aussi sur leur faculté d'expression, d'argumentation et de dialogue.

Il fallut la réforme du ministre de l'Instruction publique, Victor Cousin, par le décret du 14 juillet 1840, pour qu'une épreuve écrite voie réellement le jour : une version latine.

Mais toutes les autres épreuves étaient encore orales.

Ce n'est que progressivement jusqu'au XXe siècle que le baccalauréat, en se diversifiant et en s'enrichissant, prit une tournure majoritairement écrite.

Planning

→ En première et en terminale : évaluations communes.
→ En première : épreuves de français écrite et orale.
→ En terminale : épreuves écrites de spécialités à la fin du mois de mars, épreuves de philosophie et Grand oral à la fin du mois de juin.

Coefficients

→ Évaluations communes en enseignement scientifique, histoire-géographie, langue vivante A, langue vivante B, EPS et spécialité suivie en première uniquement : coefficient 5 pour chaque matière.
→ Bulletins scolaires (de première et de terminale) : coefficient 10.
→ Français : coefficient 10.
→ Philosophie : coefficient 8.
→ Enseignements de spécialité : coefficient 16 pour chaque enseignement.
→ Grand oral : coefficient 10.

LE CHOIX DES DEUX QUESTIONS

Deux choix à mûrir

L'accent est mis, pour l'épreuve, sur la dimension personnelle du choix des deux questions. Votre priorité consiste à vous approprier les questions pour lesquelles vous optez. Pourquoi cet enjeu me tient-il particulièrement à cœur ? En quoi cette question est-elle vive dans le monde actuel ? Que pourrai-je faire dans un avenir plus ou moins proche pour m'y impliquer véritablement ? Ces deux sujets doivent correspondre à ce que vous souhaitez faire de votre vie.

Un choix personnel

Vous n'êtes tenu de livrer vos convictions et vocations intimes que dans une certaine mesure. Personne ne viendra vérifier si ce que vous avancez est scrupuleusement vrai. Le tout est de défendre vos idées avec **force**, **charisme** et **cohérence**. Si vos recherches sur les deux questions sont assez travaillées et approfondies, votre prestation ne manquera pas d'apparaître comme sincère et authentique.

Carnet de bord : Étape n° 1

Dans un carnet, après une page de présentation, inscrivez sur la première page : **Étape n° 1 : le choix des questions**. Faites **deux colonnes**, qui correspondent à vos deux spécialités. Remplissez-les par des **questions** que vous imaginez pertinentes. Laissez de la place dans votre carnet : vous serez sûrement conduit à compléter ces colonnes jusqu'à retenir les deux questions finales.
Les critères principaux à respecter dans l'ajout de ces questions sont leur originalité, leur degré de précision et leur cohérence avec un projet personnel.

Un choix sur plusieurs mois

L'oral est une épreuve de **co-construction** avec différents interlocuteurs. Les recherches pour trouver deux sujets prennent plusieurs mois et s'affinent progressivement. Lors des vingt minutes que vous passerez avec votre jury, il cherchera à déceler votre implication lors de la préparation **en amont**. Des recherches menées l'avant-veille, et un exposé construit la veille, s'en ressentiront, à votre détriment.

L'ensemble de l'oral évalue tous les efforts que vous avez pu fournir **pendant des mois**. C'est un moyen de prendre au sérieux votre quête des fameuses deux questions, mais aussi de vous imposer moins de pression pour la prestation elle-même – même s'il en faut un peu, naturellement !

→ L'hésitation, chez le philosophe Paul Ricœur

Dans son essai, *Le Volontaire et l'Involontaire* (1950), Paul Ricœur consacre un chapitre entier au concept d'**hésitation**. Selon lui, toute recherche comporte des hésitations et toute décision évacue les hésitations, même s'il arrive de regretter. L'hésitation est ainsi un « **choix** qui se cherche ». Tout choix immédiat rend impossible l'hésitation, et, certes, évite l'angoisse, mais aussi entrave le désir et la satisfaction.
La recherche des deux questions passe ainsi nécessairement par une série d'hésitations. Celles-ci sont vectrices d'inquiétudes, mais aussi de plaisir. Dans le cas contraire, les questions auraient été mal choisies ! Acceptez donc de prendre votre **temps** pour choisir, évaluer vos idées, avant d'arrêter une décision.

Les interlocuteurs

Comment procéder pour ses recherches ? Avant tout, trouvez de bons interlocuteurs. Vos **professeurs de spécialité** seront vos premiers guides. Ils vous suggéreront des pistes concrètes de réflexion, en lien avec leur discipline, et éventuellement d'autres.

Parmi les membres de votre **cercle familial ou amical**, n'hésitez pas à partager vos idées ou vos doutes. Ces interlocuteurs pourront vous aider à plusieurs moments de votre préparation. Mais vous comprendrez rapidement que la sélection des deux questions n'est pas la moindre des étapes. Toute **stimulation initiale** est bienvenue.

Enfin, vous pouvez aussi solliciter des personnes que vous ne connaissiez pas jusqu'alors. Correspondre avec des **spécialistes du sujet** qui vous intéresse est un atout précieux. La plupart du temps, ils vous seront conseillés par des personnes que vous connaissez déjà, comme vos professeurs ou parents. Vous pouvez aussi directement entrer en contact avec des journalistes qui ont écrit sur votre sujet, ou encore des centres de recherche **par le biais d'Internet**. Ne l'entreprenez que sur des sites reconnus et fiables, par exemple en envoyant des courriels.

➔ Mentor dans la mythologie grecque

Dans l'*Odyssée*, d'Homère, Mentor, ami d'Ulysse, est le précepteur de son fils, Télémaque. Il l'incite notamment à partir à la recherche de son père. Le roman *Les Aventures de Télémaque* (1699), où l'écrivain français Fénelon donne un rôle majeur à Mentor, a obtenu un tel succès que le nom commun « mentor » est passé dans la langue française. Il désigne une personne expérimentée qui prodigue des conseils à une personne plus jeune mais déterminée. Dans le roman, Mentor accompagne Télémaque à travers la plupart de ses épreuves, et chacune de ses recommandations lui permet de faire les bons choix. Pour la préparation de l'épreuve, élisez aussi un mentor qui vous connaisse bien, ou du moins avec qui vous partagerez l'essentiel de votre cheminement.

Carnet de bord : Étape n° 2

Prenez une nouvelle page et inscrivez : **Étape n° 2 : Les interlocuteurs** (après avoir largement laissé de la place pour les deux colonnes de l'étape 1).
Faites la liste des personnes qui pourront vous aider tout au long de votre recherche, ainsi que lors de toute votre préparation.

L'utilisation d'Internet

Un bon usage d'Internet vous mettra sur la bonne voie à plusieurs étapes de votre questionnement. La recherche d'information sur la toile répond à trois principes fondamentaux : **savoir chercher** l'information, déterminer la **crédibilité** de l'information trouvée, savoir **exploiter** cette information.

Le problème, pour la première étape, c'est que vous ne savez pas forcément quoi chercher. Vous ne pouvez donc réellement vous lancer que si vous avez **déjà une idée en tête**, au moins vaguement. D'où la nécessité d'avoir déjà débroussaillé le terrain avec des interlocuteurs de confiance. Il est possible de se laisser aller au hasard d'Internet, de certains sites d'information ou de vidéos. Mais une fois que l'idée a germé, il convient de l'approfondir méthodiquement.

Pour ce faire, cherchez **un maximum de mots-clés** en lien avec la question, par exemple en vous posant les six questions essentielles : Quoi ? Qui ? Quand ? Où ? Comment ? Pourquoi ? Les réponses à ces questions permettent de cerner tous les aspects de votre sujet.

Les mots-clés doivent être les plus **monosémiques** possible (une seule signification) pour que les résultats qui arrivent correspondent bien à votre sujet. Par exemple, les mots « direction », « sens », « tour », « temps », sont extrêmement polysémiques. Leur signification dépend de leur contexte. Pour mener une recherche efficace, il faut donc trouver des synonymes ou les associer à d'autres termes précis. Si vos résultats ne vous satisfont pas, utilisez des **opérateurs de recherche**.

Quant à la **crédibilité** de l'information, deux cas de figure se présentent : les **sites internet reconnus et fiables** ; et les publications sur des sites moins reconnus, voire décriés, dont parfois les analyses sont absentes ou **superficielles**, ainsi que les **blogs** plus confidentiels.

Dans le premier cas, les données scientifiques ont de grandes chances d'être **correctes** et les raisonnements **intelligents**. Prenez tout de même garde à certains partis pris politiques. Vous avez le droit de les évoquer, mais ne les confondez pas avec des faits. Quant au deuxième cas, **méfiez-vous-en** par principe et vérifiez de nouveau toutes données ou analyses qui vous paraissent suspectes. Ces sources ne vous serviront pas de preuves. Reste qu'elles peuvent vous inspirer dans votre réflexion. Et si ces sites s'appuient eux-mêmes sur des **sources scientifiques**, issues d'ouvrages ou de revues, notez la référence et vérifiez-la. Votre professeur de spécialité (ou autre mentor) saura vous dire le degré de sérieux de cette référence. Par ailleurs, l'outil « Décodex » du site du *Monde* (https://www.lemonde.fr/verification/), qui recense de nombreux sites, permet de vérifier leur degré de fiabilité.

Enfin, une fois l'information acquise, si vous la reprenez ponctuellement telle quelle, rendez justice à son auteur. N'oubliez pas de **citer les références**.

La singularité des questions choisies

Vous n'allez pas réinventer la roue. Vous devez **reprendre des enjeux déjà formulés** et traités par d'autres personnes. Un sujet de recherche, même le plus pointu, n'est jamais entièrement personnel. On peut avoir une idée brillante. Mais de toute façon, le cadre de l'épreuve n'offre pas la possibilité de la développer au-delà de ce qui est déjà su.

Alors, comment savoir si les questions choisies sont suffisamment **originales** ? La question doit tout d'abord être **précise** – mais pas trop. Par exemple, si vous entreprenez d'étudier **les conséquences de l'élevage intensif sur l'environnement**, plusieurs possibilités s'offrent à vous.

Vous pouvez cibler **une certaine technique** d'élevage intensif : l'élevage en stabulation libre, par opposition à la stabulation entravée, et ce quels que soient les animaux ou les aires géographiques.

Au contraire, plutôt qu'une technique particulière, votre question peut aussi être centrée sur **un pays, une région, un continent**. Il est même possible de comparer des lieux similaires – climat, géographie, politique, économie, culture – pour en tirer des conclusions. Par exemple : quelles sont les conséquences sur l'environnement de l'élevage intensif en Écosse et en Nouvelle-Zélande ?

Enfin, vous pouvez proposer en sciences de la vie et de la Terre un projet extrêmement précis sur **une espèce particulière** : les techniques d'élevage intensif de la daurade royale (*sparus aurata*) de la naissance à l'âge de deux mois.

Toutefois, ces sujets, si précis et problématisés soient-ils, ne sont pas encore totalement singuliers. Il faut les rattacher **à un aspect de votre vie**. Vous n'avez pas à vous confier, à révéler des détails intimes ou gênants sur vous-même. Il s'agit surtout de montrer au jury que vous avez **pris votre sujet à cœur**. Mettez-vous donc en situation de présenter la question retenue à l'aune de vos propres **aspirations, idéaux ou goûts**. Visualisez-vous en train de défendre personnellement les points de vue qui éclaireront la question posée. Alors, vous aurez sûrement atteint un niveau de singularité suffisant. Pour paraître authentique et crédible, le mieux reste d'y croire…

Pour reprendre le projet précédent sur l'élevage intensif de daurade royale, il est tout à fait possible d'évoquer votre fascination pour ces poissons que votre grand-père pêchait sur des chalutiers. Vous vous êtes alors demandé si ce poisson pouvait être aussi heureux dans un élevage, s'il avait le même goût et quelles seraient les conséquences écologiques de cette pratique… Et justement, votre parcours futur comme ingénieur agronome (ou administrateur des affaires maritimes) vous conduira à vous pencher plus précisément sur la question. Mais sans évoquer votre grand-père, vous pouvez aussi mentionner des **images** de millions de daurades pressées dans une petite cuve, qui tournent en rond de leur naissance à leur mort.

➔ Le thème et les variations en musique

En musique, un **thème** désigne une mélodie ou un rythme général. Celui-ci peut subir des modifications légères dans les notes, les tonalités, les tempos ou les instruments, de sorte que l'on reconnaît tout de même le thème. On appelle ces changements des variations sur un thème. Chaque variation se distingue du thème par son caractère propre, et simultanément en reprend l'esprit. De grands chefs-d'œuvre ont été obtenus ainsi, à l'image des *Variations Goldberg* composées en 1741 par Jean-Sébastien Bach.

Votre question doit être comme une variation autour d'un thème déjà traité. La variation, vous la trouverez en sondant les différents angles du sujet, ainsi que le rapport personnel que vous entretenez avec lui. Vous lui donnez alors une coloration que le jury ressentira comme originale. Gardez en tête cette métaphore musicale, qui implique que votre travail ne constituera pas une pâle copie d'un sujet rebattu, mais une petite touche singulière apportée à un thème majeur.

Carnet de bord : Étape n° 3

Numérotez les questions de l'étape n° 1, que vous complétez au fur et à mesure de l'année. Sur une nouvelle page, écrire **Étape n° 3 : La singularité des questions**. Placez les numéros toutes les cinq lignes. Mettez à côté de chacune des questions numérotées des idées qui rendent vraiment originale votre question par une touche personnelle : anecdote/projet/inspiration. Il peut s'agir d'une expérience vécue, d'un reportage que vous avez vu, d'un article que vous avez lu, d'une école du supérieur dans laquelle vous espérez entrer…

Plus généralement, vous pouvez aussi écrire les aspects très intéressants, voire déterminants, que vous décelez dans ces questions.

Problématiser

Vous devez **problématiser** le sujet que vous aurez trouvé et que vous vous serez approprié. Il s'agit de mettre en exergue les **enjeux majeurs**, ou problèmes, contenus dans ce sujet.

Dans différentes matières, comme en français, ou en histoire-géographie, vous avez l'habitude de proposer une problématique. Cette question doit être suffisamment précise pour pouvoir être raisonnablement **traitée en un temps limité**, et suffisamment ouverte pour en développer la réponse par **des angles bien variés**. Vous y apporterez même plusieurs réponses possibles, en autant de parties qui composeront votre exposé.

Les questions bien problématisées commencent souvent par :

- En quoi… ?
- Pourquoi… ?
- Dans quelle mesure… ?
- Par quels moyens… ?

Mais surtout, la problématisation est un **processus** que vous préparez au tout début de votre exposé. Une bonne problématique est une question bien préparée dans les quelques phrases qui la précèdent.

Reprenons la question : « Quelles sont les conséquences sur l'environnement de l'élevage intensif en Écosse et en Nouvelle-Zélande ? » En soi, la question convient très bien en tant que problématique vive. Mais elle sera d'autant plus opportune qu'elle aura été **introduite** par quelques phrases de problématisation.

En voici un exemple :

« La comparaison d'un phénomène écologique entre deux pays dotés d'un climat et d'une géographie similaires ne va pas de soi, surtout quand ils sont situés chacun dans un hémisphère. Des données diffèrent forcément. Il faut donc suivre une méthodologie comparative rigoureuse. Dans le cas présent, l'Écosse et la Nouvelle-Zélande paraissent comparables quant au climat et à une certaine biodiversité. Mais leurs élevages intensifs n'utilisent pas les mêmes techniques, et ne polluent pas de la même manière. Quelles sont donc les conséquences sur l'environnement de l'élevage intensif en Écosse et en Nouvelle-Zélande ? »

➔ Raconter sa vie ?

Intégrer des aspects personnels dans la présentation d'un sujet général répond à deux exigences, surtout dans le cadre d'un examen. Aucune anecdote de votre vie ou impression ne doit être gratuite. Elle doit étayer votre sujet et la problématique que vous avez définie. De plus, il faut se limiter à un nombre restreint d'allusions de ce type. L'expérience personnelle sert l'expérience collective. Partez toujours de ce principe.

Les spécialités

Une grande diversité de spécialités

Parmi les dix spécialités existantes (sans compter les champs possibles au sein de certaines d'entre elles), vous en avez retenu deux en terminale. Sans revenir sur le contenu de chacune d'entre elles, voici quelques **orientations** qui peuvent constituer un point de départ efficace à votre réflexion sur vos deux questions. Certains **enjeux** majeurs des spécialités sont relevés, avant que ne soient proposées des approches que vous pourriez creuser.

Naturellement, ces dernières doivent être transformées en questions, par une **problématisation**. Surtout, vous devrez les préciser, soit en en étudiant un aspect bien ciblé, soit en les croisant avec d'autres enjeux, d'autres cas de figure et d'autres spécialités. Les programmes de première et de terminale de votre spécialité constituent bien sûr aussi de bonnes sources d'inspiration. Tout rapprochement avec vos propres aspirations personnelles est bienvenu. Des exemples de problématisation sont donnés pour quelques spécialités.

Enfin, n'oubliez pas qu'il conviendra d'associer votre choix de sujet et vos perspectives d'études et de métier.

Arts

Dans le cadre de cette spécialité, vous avez choisi l'une des options suivantes : arts du cirque, arts plastiques, cinéma-audiovisuel, danse, histoire des arts, musique et théâtre. Chacun d'entre eux est spécifique, et si quelques enjeux sont communs, les plus intéressants sont consubstantiels de l'option étudiée.

Les arts plastiques associent ainsi une pratique plastique (travail de matériaux, de concepts) et la construction d'une culture artistique en phase avec les enjeux contemporains. Sculpture, peinture, dessin, photographie, art vidéo, etc. sont analysés.

Vous pouvez étudier, par exemple :

- Une monographie d'artiste.
- Le dispositif de présentation d'une œuvre : musées, *in situ*, happening.
- Une technique artistique : le dessin peut-il faire œuvre ?
- Un motif dans un ou plusieurs art(s).
- L'œuvre d'art et les technologies modernes.
- Le rapport entre l'artiste et son public : sollicitation du spectateur.

Exemple de question :
Christo et Jeanne-Claude dans les musées

L'artiste d'origine bulgare Christo, décédé le 31 mai 2020, et son épouse Jeanne-Claude ont élaboré leur art autour de l'empaquetage d'édifices. Parmi leurs chefs-d'œuvre, ils ont emballé le Pont-Neuf à Paris, le Reichstag à Berlin, et devaient même s'attaquer à l'Arc de Triomphe. Ce dernier projet sera tout de même réalisé en 2021. Il paraît alors difficile de rassembler leurs créations dans des musées, du fait de leur caractère à la fois éphémère et monumental. Il faut alors se cantonner à des travaux de jeunesse ou préparatoires. Ces derniers ont leur importance, puisqu'ils servaient à financer la réalisation de leurs œuvres. Néanmoins, exposer Christo et Jeanne-Claude a-t-il un sens ?

Valley Curtain, mai 1972.

Histoire-géographie, géopolitique et sciences politiques

Cette spécialité regroupe quatre disciplines qui fonctionnent ensemble. Leur croisement permet d'étudier sous différents angles de nombreux sujets prégnants aujourd'hui. Ainsi, la spécialité analyse la politique et la société (régimes politiques, pouvoir et peuple, démocratie, partis politiques, acteurs politiques) ; elle aborde les relations internationales (dynamique des puissances mondiales, jeux de pouvoirs, guerres, paix, influences, commerce, économie, etc.). ; elle approfondit la question des frontières géopolitiques (délimitations, ouverture/fermeture, flux migratoires, diplomatie, tensions, antécédents historiques) ; elle étudie les faits religieux (États et religions, laïcité, extrémismes, intégrismes). Un regard y est porté sur l'actualité (regard critique, communication, sources d'information, analyse du monde actuel).

Le programme de terminale est composé de six thèmes d'étude : « de nouveaux espaces de conquête » ; « faire la guerre, faire la paix : formes de conflits et modes de résolution » ; « histoire et mémoires » ; « identifier, protéger et valoriser le patrimoine : enjeux géopolitiques » ; « l'environnement, entre exploitation et protection : un enjeu planétaire » ; « l'enjeu de la connaissance ».

Vous pouvez vous intéresser à un évènement historique (remarquable, connu, déclencheur) ou à une période historique, ou orienter votre étude vers un acteur ou une actrice majeur de l'histoire. Votre approche peut concerner un concept géopolitique (appliqué à une aire géographique, à une période, à une situation précise).

Vous pouvez également privilégier une approche thématique, en vous intéressant aux thèmes de l'information et de la désinformation (opacité, démagogie, sensationnalisme, mensonges, théories du complot), du rapport au passé (leçons, erreurs, commémorations, déni, négationnisme, cycles), ou en étudiant les relations entre deux pays (ou groupes de pays).

Exemple de question : La démocratie au Belize
Dans ce petit pays d'Amérique centrale, la démocratie est une tradition solidement établie. Depuis les années 1950, jusqu'à aujourd'hui, en passant par sa décolonisation en 1984, le pouvoir a toujours été obtenu par des élections transparentes et gratuites, avec une rotation entre les partis vainqueurs. Cependant, des soupçons grandissants de corruption frappent les gouvernements depuis le début des années 2000. Peut-on ainsi dire que la démocratie au Belize constitue un exemple pour ses pays voisins, voire pour le monde ?

Humanités, littérature et philosophie

Cette spécialité associe deux disciplines, la littérature et la philosophie, auxquelles s'adjoignent des références aux sciences humaines, aux arts et autres champs de savoir. Les enjeux abordés, extrêmement variés, peuvent se résumer ainsi :

- Les échos entre littérature, philosophie, sciences humaines et arts.
- Le rapport au monde.
- Parole et communication.
- Les perceptions d'autrui.
- La recherche de soi.
- L'éducation, la transmission, l'émancipation.
- La création.
- L'humain et l'inhumain.

Vous pouvez vous intéresser à :

- un mouvement artistique, littéraire et philosophique ;
- un thème culturel, artistique, littéraire ;
- un genre littéraire ;
- un concept philosophique ;
- la réception d'une œuvre littéraire.

Votre étude peut également porter sur l'œuvre d'un philosophe ou écrivain, ou porter sur des questions plus générales, comme l'acte de création ou l'efficacité de la littérature pour véhiculer le savoir. Pensez à mener une réflexion croisée entre philosophie et littérature.

Exemple de question :
La philosophie dans la poésie de René Char
La poésie, souvent hermétique, requiert une longue réflexion pour lui donner un sens, si ce n'est la décrypter. Mais elle est aussi souvent porteuse de concepts philosophiques. La poésie de René Char (1907-1988) en est représentative. À la fois absconse et féconde, elle allie poésie et philosophie exigeantes. En quoi les poèmes de René Char donnent-ils donc un nouveau souffle à la poésie philosophique ?

Langues, littératures et culture étrangères

Cette spécialité s'adresse à tous les élèves souhaitant consolider leur maîtrise d'une langue vivante étrangère et acquérir une culture approfondie et diverse relative à la langue étudiée. En s'appuyant sur des supports variés (œuvres littéraires, articles de presse, films, documents iconographiques, documents numériques, etc.), les élèves étudient des thématiques telles que « Arts et débats d'idées », « Expression et construction de soi » ou « Voyages, territoires, frontières » (LLCER Anglais), tout en pratiquant l'ensemble des activités langagières (réception, production, interaction).

Votre étude peut s'orienter vers le domaine culturel : mouvement culturel, monographie d'un écrivain, d'un artiste. Elle peut également être civilisationnelle (période historique, phénomène social, etc.) ou linguistique : évolution philologique, grammaire, phonétique, etc.

Exemple de question : Les questionnements existentiels dans la poésie d'Emily Dickinson.
La poétesse américaine Emily Dickinson (1830-1886) a écrit de nombreux poèmes – plus de douze mille –, en vers souvent très courts et énigmatiques. Son œuvre est traversée par les préoccupations de la mort, de l'au-delà, de Dieu, de l'amitié, de la perception de la réalité, etc. Comment cette forme poétique condensée parvient-elle à déployer des réflexions sur la vie humaine ? Peut-on en tirer des leçons quant à nos propres questionnements ?

Mathématiques

Cette spécialité permet aux élèves de renforcer et d'approfondir l'étude des thèmes suivants : « algèbre et géométrie », « analyse », « probabilités » et « algorithmique et programmation ». Cet enseignement s'ouvre à l'histoire des mathématiques pour expliquer l'émergence et l'évolution des notions et permet aux élèves d'accéder à l'abstraction et de consolider la maîtrise du calcul algébrique. L'utilisation de logiciels, d'outils de représentation, de simulation et de programmation favorise l'expérimentation et la mise en situation. Vous pouvez approfondir par exemple les objets d'études suivants :

- Le nombre d'or.
- La géométrie riemannienne.
- L'algèbre linéaire.
- Les probabilités dans la vie courante.
- Les équations dans la modélisation de problèmes courants.

Exemple de question :
Peter Scholze et les espaces perfectoïdes
En 2010, à l'âge de 22 ans, l'étudiant en mathématiques allemand Peter Scholze impressionnait le monde de la recherche en reformulant de façon synthétique la preuve de Harris-Taylor. Cette démonstration d'un problème du champ de la théorie des nombres est d'une immense complexité, que Scholze est parvenu à contourner, notamment en inventant le concept d'« espace perfectoïde ». Quelques années après la naissance de cette classe de structure fractale, elle est déjà abondamment utilisée dans le champ de la géométrie arithmétique. Peut-on vulgariser cette intuition de Scholze pour en faire comprendre la portée à un public non-spécialiste ?

Numérique et science informatique

Cette spécialité propose aux élèves de découvrir des notions en lien avec l'histoire de l'informatique, la représentation et le traitement de données, les interactions homme-machine, les algorithmes, le langage et la programmation. L'élève s'y approprie des notions de programmation en les appliquant à de nombreux projets.

Voici quelques exemples indicatifs de sujets d'étude :

- Les imprimantes 3D.
- La réalité virtuelle.
- La 3D au cinéma.
- Les travaux précurseurs de John von Neumann.
- Le codage en C et ses dérivés.

Exemple de question :
Le programme informatique d'Ada Lovelace
Un siècle avant l'invention des ordinateurs à proprement parler, Ada Lovelace, mathématicienne, fille de l'immense poète anglais Lord Byron, développa le premier véritable programme informatique. Au-delà de ce programme, elle eut des intuitions visionnaires sur les capacités des calculateurs universels. Dans quelle mesure ses prédictions se sont vérifiées tout au long de l'histoire de l'informatique ?

Physique-chimie

Cette spécialité approfondit quatre domaines principaux de la physique et de la chimie : la constitution et les transformations de la matière (solutions chimiques, notion d'ion, réactions, dilutions, entités organiques et propriétés physico-chimiques), les mouvements et interactions (interactions fondamentales et introduction à la notion de champs, description d'un fluide au repos, mouvement d'un système), les ondes et signaux (ondes mécaniques, la lumière : images et couleurs, modèles ondulatoire et particulaire) et l'énergie et ses conversions (aspect énergétique des phénomènes électriques et des phénomènes mécaniques).

Voici quelques exemples indicatifs de sujets d'étude :

- Les rayons X.
- La matière noire.
- La physique quantique.
- Les ultrasons.
- La synthèse de médicaments.
- L'analyse chimique des huiles essentielles.

Exemple de question : L'hydrogène métallique
L'hydrogène métallique est au cœur de nombreux groupes de recherche en physique. Il s'agit d'une phase de l'hydrogène soumis à une très forte pression qui constituerait une matière supraconductrice à température ambiante. Si l'on parvenait à le fabriquer, son utilisation engendrerait des technologies révolutionnaires. Quels obstacles rencontrent donc les chercheurs qui se consacrent au sujet ?

Sciences économiques et sociales

Cette spécialité se répartit en trois champs : la science économique, la sociologie et les sciences politiques. En économie sont étudiés le fonctionnement des marchés et de l'économie de marché, le financement des agents économiques, la monnaie, la croissance économique, le commerce international, la lutte contre le chômage, les crises financières, les politiques économiques, etc. En sociologie sont analysés la socialisation, le lien social, la déviance, le rôle de l'école, la mobilité sociale, l'emploi. Les sciences politiques, enfin, sont consacrées à l'opinion publique, aux mécanismes du vote, aux différentes formes de l'engagement politique, et aux politiques publiques concernant l'environnement. Vous pouvez faire porter votre étude sur une théorie (ou école) économique, sociologique, ou politique. Vous pouvez également vous intéresser aux conséquences économiques, sociologiques ou politiques d'un événement historique, ou à un événement de l'histoire de la pensée économique. L'épistémologie des sciences sociales peut également être abordée.

Exemple de question :
Les stigmates chez Erving Goffman
Selon le sociologue américain Erving Goffman, la stigmatisation, processus marquant un individu ou un groupe d'individus d'une réprobation sociale, peut comporter trois formes : les déformations physiques, les traits de caractère, et l'identité ethnique, religieuse ou la nationalité. Il distingue alors deux identités sociales à l'origine du stigmate : l'identité sociale virtuelle, et l'identité sociale réelle. Cette typologie initiatrice de nombreuses études suffit-elle à expliquer tous les processus d'exclusion ?

Sciences de l'ingénieur

Cette spécialité regroupe plusieurs domaines de l'ingénierie avec l'enjeu majeur de trouver des solutions technologiques innovantes pour faire évoluer la société. Les champs scientifiques abordés sont la mécanique, l'électricité, le signal, l'informatique, et le numérique. Voici quelques exemples indicatifs de sujets d'étude :

- La modélisation de produits.
- Le design et la fonctionnalité des produits.
- Les objets connectés.
- La mobilité des personnes et des biens.
- L'homme augmenté, assisté, réparé.

Exemple de question : Les jambes bioniques de Hugh Herr (ingénieur)
Hugh Herr a perdu ses jambes lors d'un accident d'escalade à l'âge de dix-sept ans. Il était alors l'un des grimpeurs les plus talentueux des États-Unis. Dès lors, il a consacré sa vie à concevoir les prothèses bioniques de jambes les plus proches des membres naturels. Pourquoi la démarche de Hugh Herr est-elle porteuse d'optimisme dans le champ de la biomécanique ?

Sciences de la vie et de la Terre

Milutin Milankovitch.

L'objectif de la thématique « la Terre, la vie et l'organisation du vivant » est de montrer comment la science construit une explication cohérente de l'état de la Terre et du vivant, de leur fonctionnement et de leur histoire. Cette construction progressive fait appel à des méthodes de recherche et d'analyse rigoureuses fondées sur l'observation, l'expérimentation et la modélisation. L'évolution temporelle des deux objets d'études, le vivant et la Terre, constitue la notion essentielle à appréhender, en comprenant l'interdépendance entre l'histoire de la vie et celle de la Terre. La thématique « enjeux planétaires contemporains » permet d'appréhender par une véritable démarche scientifique quelques-uns des grands enjeux auxquels est confrontée l'humanité au XXIe siècle. L'objectif de la thématique « corps humain et santé » est d'étudier plusieurs de nos comportements, définis comme des ensembles de réactions observables en réponse à des stimulations. Le dernier thème vise à comprendre comment l'organisme répond à une perturbation soudaine de son environnement.

Exemple de question :
Les cycles de Milankovitch
Entre 1920 et 1941, l'astronome serbe Milutin Milankovitch a formulé une théorie selon laquelle de subtiles modifications de l'orbite de la Terre expliqueraient les variations climatiques de la planète. L'excentricité, l'obliquité et la précession de l'orbite connaîtraient des changements périodiques, dont découleraient par exemple les périodes glaciaires et interglaciaires. Quel a été le destin de sa théorie ?

L'approche interdisciplinaire

Vous avez la possibilité de choisir des questions dont les enjeux empruntent à vos deux spécialités. Vous pouvez même opter pour une question qui croise l'une de vos spécialités, et une autre spécialité dont vous ne suivez pas le cours en terminale.

Le croisement des disciplines

Une telle approche vous donne la **liberté de choisir** exactement les questions qui vous correspondent le mieux, sans vous soucier de rester dans le champ précis d'une de vos spécialités.

Par exemple, vous suivez les spécialités SVT et mathématiques et vous souhaitez travailler sur le **biomimétisme** – l'imitation des techniques ou processus que l'on peut observer dans la nature. Ce thème, s'il est propre aux SVT, met en jeu les sciences de l'ingénieur, ou encore les SES mais beaucoup plus indirectement les mathématiques. Qu'à cela ne tienne, vous pouvez décider d'inscrire votre question du biomimétisme dans votre spécialité SVT et dans l'une et l'autre des spécialités que vous n'avez pas suivies.

En somme, les deux spécialités de terminale doivent constituer un **support fécond** ou un **tremplin** à l'expression de votre intérêt, et non un frein. D'où l'intérêt d'une telle approche interdisciplinaire.

Francis Bacon et l'interdisciplinarité

Portrait de Francis Bacon par Paul Van Somer, 1617.

La Renaissance et le mouvement humaniste valorisaient la **diversité des connaissances** que détenaient les grands savants. Souvent, les hommes de sciences étaient aussi des philosophes et des hommes de lettres, et réciproquement ; et ce, jusqu'au XXe siècle. Pensons à René Descartes (1596-1650), Blaise Pascal (1623-1662), ou encore Francis Bacon (1561-1626). Ce dernier est même considéré par certains comme **l'initiateur de l'interdisciplinarité**. Il admet en effet une **interaction** et une **circulation** entre les différents domaines du savoir. Selon lui : « il faut poser en principe que toutes les partitions du savoir doivent être prises plutôt comme des lignes ou des veines que comme des sections ou séparations ; le caractère continu et entier du savoir doit donc être conservé » (*Du Progrès et de la Promotion des savoirs divin et humain*, 1605). Les spécialistes d'un domaine précis gagneraient ainsi à s'approprier et approfondir des recherches dans les autres domaines. Un philosophe qui réfléchit à l'organisation sociale et politique des États aurait par exemple tout intérêt à s'inspirer des sciences de la nature pour faire mûrir sa réflexion.

Pour l'épreuve

Toutes les spécialités peuvent être croisées. Ouvrez vos horizons, ne serait-ce que dans l'étape de recherche. Si vous savez quelle spécialité vous souhaitez travailler, mais n'avez pas encore défini de sujet précis, cherchez des pistes dans les autres domaines.

Carnet de bord : Étape n° 4

Sur une nouvelle page de votre carnet de bord, écrivez **Étape n° 4 : Le croisement des deux spécialités**. Faites une liste de sujets qui croisent vos deux spécialités. Réfléchir ainsi vous permettra de faire émerger certaines idées que vous n'aviez pas jusqu'alors !

Voici quelques pistes de thèmes croisant deux spécialités, qu'il ne s'agit en aucun cas de reprendre tels quels : il faut les préciser et les problématiser, de préférence en lien avec un projet personnel.

Arts et d'autres spécialités

Façade de l'hôtel Drouot (vente aux enchères), 1852.

- Mathématiques : la proportionnalité chez les peintres de la Renaissance
- Sciences économiques et sociales : le marché de l'art
- Sciences de la vie et de la Terre : l'oreille de Stelarc

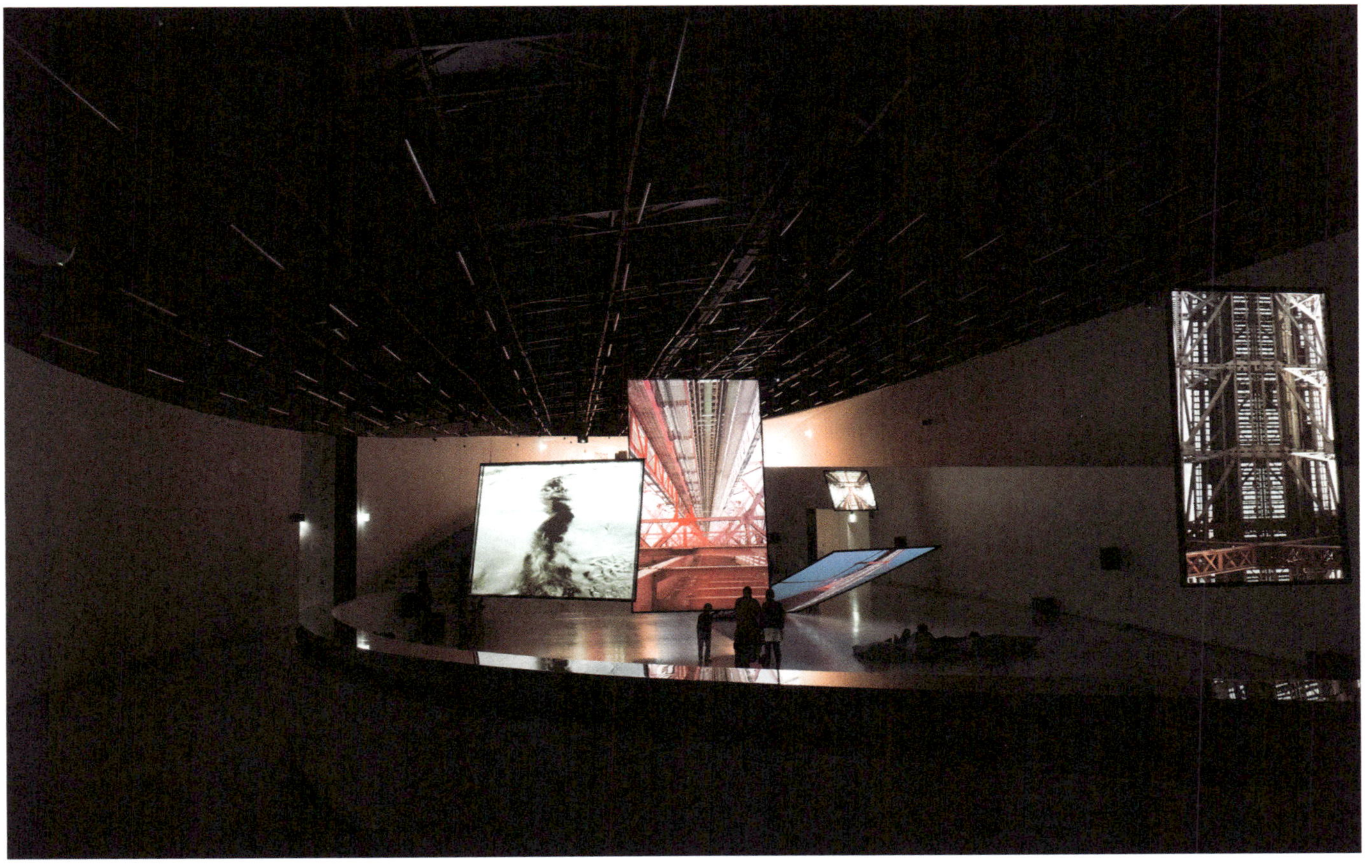

Bill Viola, *Shadow Soudings*.

HGGSP et d'autres spécialités

→ HLP : géopolitique dans les romans de Rabelais
→ Physique-chimie : les enjeux géopolitiques de l'électricité
→ Sciences de l'ingénieur : le néolithique, révolution technique ou politique ?

HLP et d'autres spécialités

Honoré de Balzac.

→ Mathématiques : D'Alembert et la poétique mathématique
→ Numérique et sciences informatiques : les générateurs d'alexandrins
→ SES : Honoré de Balzac, sociologue avant l'heure ?

Mathématiques et d'autres spécialités

→ HGGSP : le théorème des quatre couleurs
→ Physique-chimie : applications de la courbure de Ricci
→ SVT : le système mixte de Marchuk, un exemple de biomathématiques

Numérique et sciences informatiques et d'autres spécialités

→ Arts : l'art vidéo dans l'œuvre de Bill Viola
→ SES : La socialisation à l'ère d'Internet
→ SVT : Luc Montagnier, un pionnier de la biologie numérique

Physique-chimie et d'autres spécialités

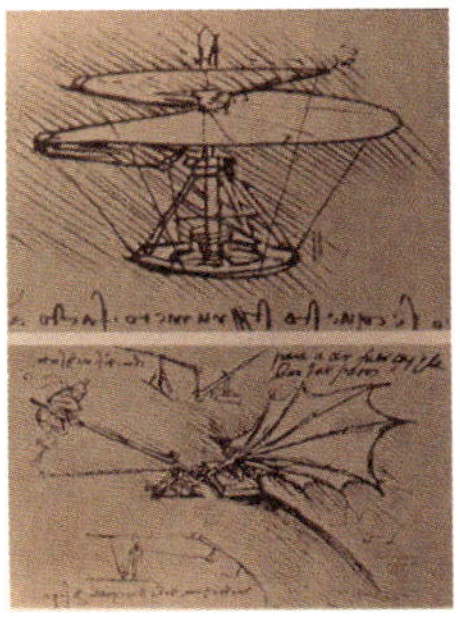

Léonard de Vinci, *vis aérienne*, 1486 et expérience sur la force de levage d'une aile.

→ HLP : Léonard de Vinci, inventeur-artiste
→ Sciences de l'ingénieur : Invention de l'hypertéléscope (2004)
→ SVT : Forces physiques et tectonique des plaques

SES et d'autres spécialités

→ Biologie-écologie : conscience écologique et classe sociale
→ HLP : le *topos* de l'argent en littérature
→ Mathématiques : probabilités et sociologie du crime

SVT et d'autres spécialités

→ HLP : la naissance de la bioéthique
→ Mathématiques : les calculs de prévisions sismologiques
→ HGGSP : l'influence de Darwin dans la pensée politique

Exercices

Exercice 1 Recueillir des idées sur un site généraliste

Allez sur le site du journal *Le Monde* (*www.lemonde.fr*). Normalement, votre CDI dispose d'un abonnement qui donne accès à tous les articles. Votre objectif est de trouver des articles qui vous intéressent suffisamment pour que vous ayez envie de les approfondir. Pour ce faire :

1. Faites défiler les vingt premiers articles, en ouvrant des onglets à chaque fois qu'un titre vous intéresse.
2. Naviguez dans les différentes rubriques, en ciblant celles qui sont les plus susceptibles d'attiser votre curiosité. Ouvrez des onglets à chaque article qui vous intrigue.
3. Faites une recherche à partir de mots-clés auxquels vous aviez déjà songé au préalable, afin de trouver des articles encore plus précisément en lien avec un centre d'intérêt.

Carnet de bord : Étape n° 5

Dans votre carnet de bord, en laissant encore de la place, créez une **Étape n° 5 : Articles de journal**. Notez-y au moins cinq titres d'articles qui vous ont plu. Associez-les à l'une de vos deux spécialités (même si le lien n'est pas immédiat). Expliquez pourquoi ces articles vous paraissent pertinents comme point de départ d'une réflexion dans le cadre du Grand oral.

Exercice 2 Recueillir des idées sur un site spécialisé

Demandez à votre professeur de spécialité quelles sont les **grandes revues spécialisées** dans la matière. Rendez-vous sur les sites internet de ces revues, ou sur www.cairn.fr.

Ajoutez les articles qui ont retenu votre attention à votre liste initiale d'articles, à la fin de votre carnet de bord. Expliquez comment vous pourrez les utiliser dans le cadre de l'épreuve.

Carnet de bord : Étape n° 6

Après avoir inscrit **Étape n° 6 : Revues spécialisées**, procédez exactement comme dans l'exercice 1, en effectuant une recherche en trois temps. Vous n'aurez pas forcément accès à l'ensemble des articles. Voyez avec votre documentaliste s'il dispose d'un moyen pour les obtenir.

Exercice 3 Conseils de l'entourage proche

Parlez de votre oral à votre famille ou à des amis proches. Après leur avoir expliqué le principe de votre recherche, demandez-leur :

1. Si des thèmes leur viennent en tête en lien avec l'une de vos deux spécialités.
2. S'ils vous imaginent reprendre ce thème comme enjeu important de votre vie professionnelle à venir.
3. Montrez-leur votre carnet de bord que vous avez rempli jusqu'à présent. Demandez-leur leur avis.

Carnet de bord : Étape n° 7

Recueillez leurs idées spontanément dans une **Étape n° 7 : Idées des proches**. Complétez vos notes grâce à leurs idées, puis montrez-leur à nouveau.

Exercice 4 Fiabilité des sources sur Internet

Faites des recherches en utilisant les mots-clés les plus efficaces à partir des questions que vous avez retenues pour l'instant. Entrez ces mots-clés dans la barre de recherche Google, et affinez-les jusqu'à trouver des articles sur le sujet.

Testez les articles issus de sites que vous ne connaissez pas dans le Décodex du Monde : www.lemonde.fr/verification

Carnet de bord : Étape n° 8

Inscrivez **Étape n° 8 : La fiabilité des sources** sur une nouvelle page. Indiquez-y les résultats de vos recherches.

Exercice 5 Une publication fiable ?

Sur le site lopinion.fr, une interview sur les OGM a été publiée le 19 février 2020. Lisez-en le début :

La Fabrique de l'Opinion
Catherine Regnault-Roger : « La peur des OGM en Europe a été fabriquée de toutes pièces »

« Faute d'avoir mis ces techniques à la disposition de nos agriculteurs, nous consommerons ce que le monde produira ailleurs. Et nous pleurerons notre indépendance biotechnologique et alimentaire perdue ! »

*Les Faits – Catherine Regnault-Roger est pharmacienne et docteure en sciences naturelles, professeure émérite à l'université de Pau, membre des académies d'agriculture et de pharmacie et du comité scientifique du Haut Conseil des biotechnologies. Reconnue pour ses recherches sur la protection des plantes, des agrosystèmes et de l'environnement, elle est l'auteur d'*Au-delà des OGM *(Presses des Mines, 2018). Elle vient de publier pour la Fondation pour l'innovation politique (Fondapol) trois notes sur les techniques de modification du génome et leurs effets sur les santés humaine, animale, végétale et environnementale, ainsi que sur les enjeux géopolitiques et réglementaires.*

Les organismes génétiquement modifiés restent controversés en Europe alors qu'ils sont abondamment cultivés ailleurs dans le monde. Où en est-on ?

Dans le monde, les OGM à caractère médical sont acceptés unanimement. Ils ne posent de problèmes qu'appliqués aux plantes cultivées. Non qu'elles soient néfastes pour la santé et l'environnement ; elles ont fait l'objet d'intenses campagnes de dénigrement non fondées scientifiquement. Aujourd'hui, le monde est divisé en deux. D'un côté, les pays qui ont adopté les biotechnologies agricoles OGM de type transgenèse : le continent américain dans son ensemble et l'Asie. En Afrique, certains pays comme l'Afrique du Sud les développent depuis longtemps pour répondre à des problèmes agronomiques. Et de l'autre, l'Europe qui, à l'exception de l'Espagne et du Portugal, a refusé ces techniques. La Chine et les États-Unis sont en train de prendre une avance considérable, en investissant massivement sur les nouvelles technologies d'édition du génome (NBT pour « *new breeding techniques* »), précises, peu coûteuses. L'Europe, avant de refuser les plantes OGM, était très en avance. Elle est désormais marginalisée. [...]

1. Cette interview paraît-elle fiable à première lecture ?
2. Pour en vérifier la fiabilité, que devons-nous rechercher sur Internet ?
3. Une fois les recherches faites, confirmez-vous ou infirmez-vous la fiabilité de cette interview ?

Exercice 6 Questions pertinentes

Parmi les dix questions suivantes, indiquez lesquelles conviennent pour l'épreuve. Justifiez vos dix réponses. Des questions qui ne paraissent pas optimales peuvent être néanmoins légitimées par certains aspects. Ces questions brassent des spécialités très différentes. Ne restez pas bloqué(e) sur celles qui vous échappent complètement.

1. Quel a été le produit intérieur brut du Botswana en 2003 ?
2. Doit-on arrêter de manger des orties ?
3. La littérature peut-elle être plus convaincante que la science ?
4. Le boson de Higgs contribuera-t-il à transformer l'être humain ?
5. Pourquoi arrêter de jeter nos déchets dans la nature ?
6. Les mathématiques sont-elles utiles ?
7. Les romanciers du Nouveau Roman sont-ils aussi opposés à Balzac qu'on pourrait le penser ?
8. Le pont Escuras de la commune de Dombasles-sur-Meurthe résistera-t-il à l'épreuve du temps ?
9. Les imprimantes 3D sont-elles l'avenir de la médecine ?
10. En dessous de quels montants peut-on parler de microcrédit ?

Exercice 7 Raconter sa propre vie

Visionnez le discours de Jacky Dupety sur la chaîne YouTube TEDx Talks (www.youtube.com/watch?v=qSRIX8zLy64)

En quoi les références qu'il fait à ses expériences personnelles lui permettent-elles de mieux défendre son propos ?

Corrigés

Exercice 5

1. Cet article expose un parti pris, qui va à l'encontre de certains discours anti-OGM que les médias relaient souvent. Cette position incite à la méfiance. Cependant, plusieurs aspects incitent à la confiance : les titres de Catherine Regnault-Roger, sa maison d'édition de publication, les Presses des Mines, ainsi que la Fondapol, paraissent gages de sérieux, de même que les chiffres exacts qu'elle mentionne dans son argumentation. Mais si l'on ne connaît pas ces différentes institutions, il vaut mieux les vérifier.

2. En priorité, il faut s'assurer de la nature du site lopinion.fr, par exemple sur le Décodex. Ensuite, on peut chercher le nom de Catherine Regnault-Roger, vérifier ses titres, la maison d'édition, la fondation en question, et surtout les chiffres.

3. D'après le Décodex du *Monde*, *L'Opinion* est un média généraliste, européen et libéral. Il constitue donc une source crédible. Quant aux informations, elles sont vraies. Vous pouvez donc avoir confiance en cette interview. Cependant, n'oubliez pas que la chercheuse défend tout de même un point de vue. Ce point de vue a beau être étayé par des exemples et un raisonnement scientifique, il n'exclut pas la possibilité de points de vue contraires tout aussi sérieux.

Exercice 6

Les questions 1 et 10 sont trop précises et factuelles. Elles ne paraissent pas découler d'une problématisation et leur réponse est trop brève. À éviter pour l'épreuve. Reformulées et complétées, elles pourraient être pertinentes, comme « En quoi le PIB du Botswana en 2003 éclaire-t-il la politique de Festus Mogae ? » Ou encore mieux : « En quoi le PIB du Botswana en 2003 éclaire-t-il les difficultés économiques de l'Afrique australe ? »

Les questions 3, 5 et 6 brassent un horizon trop large. La 5 relève même de l'évidence, quand la 6 propose une formulation trop polémique, même si une problématisation nuancée peut la rendre intéressante.

Toutes les autres questions peuvent être retenues comme telles, à condition d'être bien problématisées. Elles suscitent la curiosité, mais la 2 doit être inscrite dans un réel enjeu écologique ou sanitaire, la 4 doit être rendue concrète, au-delà de la tournure prophétique, et la 8 doit englober des préoccupations qui dépassent ce seul pont, même s'il peut constituer un exemple représentatif d'un phénomène plus large.

Exercice 7

L'agriculteur Jacky Dupéty n'est pas du tout habitué à parler en public. Mais sa simplicité, ses jeux de mots, les morceaux de bois qu'il a apportés, et surtout son anecdote de la grande sécheresse de 2003, servent son propos. Ils donnent de lui une image authentique et sympathique. Sa défense du bois raméal fragmenté prend donc une réelle consistance pour un public qui aurait pu en négliger les enjeux. Il atteint donc son objectif de faire prendre conscience à son auditoire de la nécessité d'employer des techniques ou astuces de ce type pour effectuer des progrès écologiques.

LA PRÉSENTATION D'UNE QUESTION (5 MINUTES)

Les parties du discours

La rhétorique, qui désigne l'art et la science des discours, a mis en évidence des critères qui rendent la parole efficace, selon la situation et les interlocuteurs. Or, les règles majeures de la rhétorique ont peu évolué depuis l'Antiquité, époque lors de laquelle l'art de bien parler a prospéré.

Des règles antiques

Chez les Grecs, l'histoire retient les deux grands logographes (auteurs de discours) **Isocrate** et **Démosthène**, qui ont vécu aux Vᵉ et IVᵉ siècles avant notre ère. Le philosophe **Aristote** a aussi joué un rôle de théoricien, dans sa *Rhétorique*.

Quelques siècles plus tard, **Cicéron** (106-43 av. J.-C.) a ébloui Rome par son éloquence. Les discours ainsi que les traités de cet éminent avocat et homme d'État ont connu une grande résonance. Ses succès publics ainsi que la pertinence des conseils rhétoriques qu'il diffusait, font de lui l'un des orateurs les plus respectés.

Enfin, le rhéteur **Quintilien** (35-96), par sa synthèse des grands principes rhétoriques, continue de faire autorité. Dans son *Institution oratoire*, il a constitué une somme de toutes les règles générales d'un discours efficace. Il revient sur les différents types de prise de parole dans une multitude de contextes pour prodiguer des conseils adaptés à chaque situation. Son œuvre est abondamment nourrie de références aux grands rhétoriciens qui l'ont précédé et il n'hésite pas à montrer que tous ne sont pas nécessairement d'accord avec lui. Aujourd'hui encore, les **parties du discours** retenues sont celles que Quintilien a théorisées.

L'histoire de la rhétorique ne s'est pas arrêtée là, puisque de grands penseurs au Moyen Âge, à la Renaissance et plus récemment, ont raffiné, ajouté, retranché certaines règles. Mais les grandes lignes ont véritablement été résumées par Quintilien.

→ La naissance de la rhétorique

La rhétorique serait née en Sicile, et plus particulièrement à Syracuse, au Vᵉ siècle avant notre ère, alors sous domination grecque. De nombreuses injustices ont conduit les habitants à se soulever démocratiquement et à intenter des procès de propriété envers les gouverneurs. Plusieurs intellectuels ont alors dispensé des conseils au peuple pour bien se défendre lors de procès, qui, à l'époque, ne comportaient pas d'avocats. L'un d'eux, Corax, aurait alors écrit le premier manuel de rhétorique. Il serait même le premier à avoir divisé le discours en plusieurs parties.

L'exposé

Comment tirer profit des principes rhétoriques issus de l'Antiquité dans un exposé de cinq minutes ? Il ne sera pas question de les appliquer rigoureusement, mais de s'inspirer de leur **esprit**. C'est le **type d'organisation du discours** qui a prouvé son efficacité et non une application à la lettre des préceptes de Quintilien. Or, pour ce dernier, la préparation d'un discours passe par cinq phases :

- **L'invention** (*inventio* en latin) : trouver quoi dire ; et à ce stade, vous avez déjà sûrement trouvé vos deux questions.
- La **disposition** (*dispositio*) : bien organiser ce qu'on va dire.
- Le **style** (*elocutio*) : rédiger son discours, en pensant aux figures de rhétorique employées.
- **L'action** (*actio*) : prononcer et jouer son discours.
- La **mémoire** (*memoria*) : apprendre son discours.

Un discours ne peut remporter de succès qu'en fonction du **contexte** de la prise de parole et de **l'auditoire**. Par exemple, un bon exposé devant des examinateurs n'aura pas du tout la même teneur ni le même ton qu'un bon discours d'un dirigeant de parti politique devant ses partisans. Ainsi, le registre sera essentiellement didactique – ou explicatif – et il s'agira de convaincre son jury par des **arguments tangibles** et non miser sur les émotions, même si vous devez exprimer votre appropriation personnelle du sujet. Il s'agira surtout de respecter les quatre moments du discours.

→ Deux registres du discours

Registre polémique (du grec *polemos* : « guerre, combat ») : défense d'un point de vue avec détermination, vivacité et parfois agressivité. Quand un adversaire est ciblé, l'orateur cherche à l'attaquer, le discréditer, le dévaloriser. L'apologie d'un principe ou d'une cause passe par des hyperboles, un appel aux sentiments, des anaphores, des questions rhétoriques

Le Greco, *Le Christ chassant les marchands du Temple*, 1600.

➔ **Registre didactique** (du grec *didaktikos* : « qui sert à l'enseignement ») : explication claire, logique et structurée d'une idée. Ce registre, très répandu, est propre à la transmission d'un savoir. Tout professeur ou conférencier l'utilise couramment. Les connecteurs logiques, le présent de vérité générale et les arguments factuels en sont les principales caractéristiques.

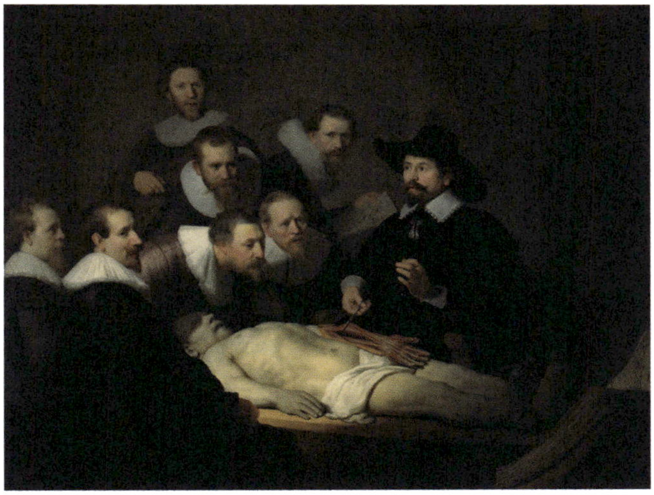

Rembrandt, *La Leçon d'anatomie du docteur Tulp*, 1632.

Les quatre moments du discours

L'organisation du discours (la *dispositio*) comporte quatre étapes : l'exorde (*exordium*), la narration (*narratio*), l'argumentation (*confirmatio*) et la péroraison (*peroratio*). Lors d'une joute verbale, d'un débat ou d'un procès, on a coutume d'inclure dans l'argumentation la réfutation des arguments adverses.

Mais lors de l'épreuve, il n'en sera pas question. Il faudra surtout prendre soin, lors de l'élaboration de l'exposé de cinq minutes, de distinguer ces parties, même si elles seront nécessairement réduites. Chaque moment du discours importe.

➔ Le vocabulaire des métiers de la rhétorique

Rhétoricien : théoricien spécialiste de la rhétorique, qui établit les règles générales d'un discours efficace.
Rhéteur : maître de rhétorique, qui enseigne l'art de bien parler.
Logographe : auteur de discours pour des procès ou toute prise de parole publique.
Orateur : homme qui prononce le discours.

Carnet de bord : Étape n° 9.

Une fois que vous avez parcouru les étapes précédentes, vous devriez avoir choisi vos deux questions. Vous allez maintenant les structurer.
Après avoir inscrit **Étape n° 9 : La structure de l'exposé** sur une page, écrivez :

- « Introduction » et sautez deux pages ;
- « Exposition du problème » et sautez quatre pages ;
- « Argumentation » et sautez quatre pages ;
- « Conclusion ».

Vous compléterez chacune des parties sous forme de notes au fur et à mesure de votre lecture de cette partie. En priorité, vous ferez des listes d'idées. N'hésitez pas à mettre des flèches et à raturer. Vous n'en êtes pas encore à la rédaction. N'écrivez des phrases que si vous aimez leurs formulations.

Qualité et construction de l'argumentation

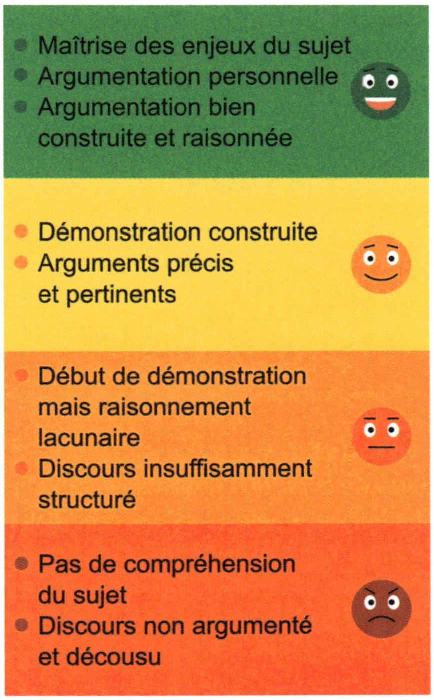

L'introduction (ou exorde)

L'exorde (*exordium*, en latin, signifie « commencement ») sert d'introduction au discours. Il capte l'attention des auditeurs (ce que l'on nomme, en latin, la *captatio benevolentiae*). Puis, le plan, ou simplement le fil conducteur, y est annoncé (la *partitio*, en latin). Selon Quintilien : « L'exorde n'a pas d'autre but que de préparer l'esprit de celui qui nous écoute, comme on prépare une matière qu'on veut rendre plus maniable. On est généralement d'accord qu'on arrive à cette fin par trois moyens principaux : en rendant l'auditeur *bienveillant*, *attentif*, *docile* » (*Institution oratoire*).

Un exorde contemporain : Christiane Taubira, discours à l'Assemblée nationale du 18 février 1999

La proposition de loi affirmant que la traite et l'esclavage sont des crimes contre l'humanité est présentée à l'Assemblée nationale par Christiane Taubira, alors députée de la Guyane.

« Le sujet dont nous nous sommes emparés n'est pas un objet froid d'étude. Parce qu'il s'écoulera encore quelque temps avant que la paix et la sérénité ne viennent adoucir la blessure profonde qu'irrigue une émotivité inassouvie, parce qu'il peut être rude d'entendre décrire par le menu certains aspects de ce qui fut une tragédie longue et terrible, parce que l'histoire n'est pas une science exacte [...].

Ce rapport n'est pas une thèse d'histoire. Il n'aspire à aucune exhaustivité, il ne vise à trancher aucune querelle de chiffres, il reprend les seules données qui ne font plus litige.

Il n'est pas le script d'un film d'horreur, portant l'inventaire des chaînes, fers, carcans, entraves, menottes et fouets qui ont été conçus et perfectionnés pour déshumaniser.

Il n'est pas non plus un acte d'accusation, parce que la culpabilité n'est pas héréditaire et parce que nos intentions ne sont pas de revanche. [...].

Il n'est pas non plus une profession de foi, parce que nous avons encore à ciseler notre cri de foule.

Pourtant, nous allons décrire le crime, l'œuvre d'oubli, le silence, et dire les raisons de donner nom et statut à cette abomination. »

L'analyse du discours

➔ Le tour de force de Christiane Taubira est d'avoir recours à des prétéritions. En disant qu'elle n'évoquera pas l'esclavage à la manière d'un film d'horreur, elle l'évoque tout de même ainsi ! Ses négations sont donc l'occasion de parler précisément de ce dont elle affirme qu'elle ne parlera pas...

➔ L'auteure emploie une anaphore. En répétant plusieurs fois le même début de phrase (« Il n'est pas... »), elle insiste sur les données incontestables qui ont marqué la terrible histoire de l'esclavage.

➔ L'effet d'attente obtenu grâce à la succession des négations amplifie l'effet produit par la résolution. Celle-ci annonce enfin ce dont sera constituée la suite de son discours : *la partitio*.

Et pour l'épreuve ?

Outre la clarté de la *partitio*, essentielle lors d'un oral afin que l'examinateur se repère bien, un candidat peut avoir recours à de telles négations. Il s'agit d'un excellent moyen pour suggérer à son examinateur qu'il pourra revenir dans l'entretien sur tous les aspects prétendument niés. Énoncer des prétéritions, c'est tendre des perches pour l'entretien.

Par ailleurs, l'insistance de l'oratrice sur les émotions terribles véhiculées par l'esclavage doit inspirer les candidats. Le Grand oral n'est pas une thèse de spécialiste, mais une prestation personnelle. On pourra donc, avec prudence et sans excès, y déployer des sentiments, quand le projet s'y prête.

Enfin, l'élégance du style de Christiane Taubira peut être imitée, notamment l'utilisation initiale d'une métaphore, ou le rythme des phrases, des propositions et des paragraphes.

La véhémence de Cicéron contre Catilina

En 63 av. J.-C., Cicéron, alors consul, a prononcé une série de discours contre le sénateur Catilina, qui conspirait contre la République romaine. Voici l'exorde de sa première *Catilinaire* :

« Jusques à quand abuseras-tu de notre patience, Catilina ? Combien de temps encore serons-nous ainsi le jouet de ta fureur ? Où s'arrêteront les emportements de cette audace effrénée ? Ni la garde qui veille la nuit sur le mont Palatin, ni les postes répandus dans la ville, ni l'effroi du peuple, ni le concours de tous les bons citoyens, ni le choix, pour la réunion du sénat, de ce lieu le plus sûr de tous, ni les regards ni le visage de ceux qui t'entourent, rien ne te déconcerte ? Tu ne sens pas que tes projets sont dévoilés ? Tu ne vois pas que ta conjuration reste impuissante, dès que nous en avons tous le secret ? Penses-tu qu'un seul de nous ignore ce que tu as fait la nuit dernière et la nuit précédente, où tu es allé, quels hommes tu as réunis, quelles résolutions tu as prises ?

Ô temps ! ô mœurs ! »

L'analyse du discours

→ Cicéron est offensif d'entrée de jeu. À travers plusieurs questions rhétoriques et une opposition de pronoms personnels (« nous » contre « toi »), il dépeint un portrait fourbe et sournois de son adversaire, par opposition à l'ensemble du peuple romain. Il cherche ainsi à attirer la bienveillance de son public (*captatio benevolentiae*).

→ Le lexique de la colère révèle le caractère irascible de Catilina qui confine au *furor*, proche de la folie. L'orateur utilise ainsi le registre polémique, en ne ménageant aucun moyen afin de décrédibiliser son adversaire.

→ La polysyndète (« ni », « ni », « ni »...) est employée pour ménager un effet de surprise dans la *captatio benevolentiae*.

→ La fameuse double exclamation « Ô temps ! ô mœurs ! » (***o tempora, o mores***, en latin) a acquis une véritable valeur de maxime par sa concision et les réflexions qu'elle stimule.

Ces deux apostrophes que Cicéron adresse à des concepts abstraits (le temps et les mœurs), comme il l'aurait fait à des personnes, constituent des personnifications. À travers cette expression, Cicéron déplore la conduite morale des hommes de son époque.

→ La *captatio benevolentiae*

La *captatio benevolentiae* – qui signifie, en latin « recherche de la bienveillance [de l'auditoire] » – désigne la recherche, au début de l'exorde d'un discours, de l'attention bienveillante et des bonnes grâces d'un auditoire. Si l'expression provient des orateurs latins, ce sont les sophistes grecs qui en ont suggéré l'importance plusieurs siècles plus tôt. En revanche, Aristote, dans sa *Rhétorique* (entre – 329 et – 326), ne la considère pas comme essentielle : « Elle est semblable au prélude qu'exécute le joueur de flûte avant d'entamer le véritable morceau. » Ce parallèle avec les préludes musicaux est péjoratif. Selon Aristote, l'exorde en général peut éloigner de l'essentiel. Attention donc à ne pas s'égarer du sujet dans les premières phrases de son oral !

Et pour l'épreuve ?

Les questions rhétoriques employées par Cicéron constituent un bon moyen d'attiser l'intérêt de ses examinateurs, à condition de les employer à bon escient. Dans un oral de cinq minutes, on pourra se contenter d'en formuler deux, à des endroits stratégiques, comme au tout début ou avant son annonce de plan.

L'utilisation de formules concises et percutantes est aussi bienvenue, comme « ô temps ! ô mœurs ! » Encore une fois, il ne s'agit pas d'en abuser. Mais un exorde gagne à contenir de telles maximes. On peut aussi les placer en fin de péroraison (conclusion).

On pourra difficilement employer le registre polémique dans le cadre de l'épreuve. Néanmoins, certains sujets sur des problématiques humanitaires, politiques ou écologiques peuvent s'y prêter.

Dans d'autres contextes

De tels procédés fonctionnent très bien dans une joute verbale. Surtout, ne pas hésiter à jouer sur les oppositions entre les pronoms, afin de dessiner clairement les camps : « nous » contre « vous » ou contre « toi ». Les hommes politiques y ont fréquemment recours pour soutenir leurs idées. L'apostrophe (« Catalina ») permet de prendre à partie son adversaire, en le nommant par son nom. Elle contribue à définir clairement la situation et cadrer les enjeux.

L'exposition du problème (ou narration)

La narration dans les parties du discours, plus qu'une histoire, est l'exposé des faits. La façon de les présenter est déterminante. En général, une narration doit être sobre, claire, vraisemblable, brève et fonctionnelle, puisqu'elle prépare l'étape suivante : l'argumentation. Un exposé de Grand oral comporte nécessairement une narration très brève, qui prend environ une minute trente. Le travail principal est celui d'une sélection rigoureuse. Et surtout, il s'agit de donner à ses examinateurs des idées de questions pour la suite de l'épreuve. Le candidat doit réussir à montrer qu'il ne fait état que d'une toute petite partie des faits, mais qu'il pourrait en développer bien d'autres.

La narration dans le discours du 17 septembre 1981 de Robert Badinter sur l'abolition de la peine de mort.

Le 17 septembre 1981, Robert Badinter – alors ministre de la Justice – prononce à l'Assemblée nationale un discours demandant l'abolition de la peine de mort.

« Près de deux siècles se sont écoulés depuis que, dans la première Assemblée parlementaire qu'ait connue la France, Lepeletier de Saint-Fargeau demandait l'abolition de la peine capitale. C'était en 1791. Je regarde la marche de la France. La France est grande, non seulement par sa puissance, mais au-delà de sa puissance, par l'éclat des idées, des causes, de la générosité qui l'ont emporté aux moments privilégiés de son histoire. La France est grande parce qu'elle a été la première en Europe à abolir la torture malgré les esprits précautionneux qui, dans le pays, s'exclamaient à l'époque que, sans la torture, la justice française serait désarmée, que, sans la torture, les bons sujets seraient livrés aux scélérats. La France a été parmi les premiers pays du monde à abolir l'esclavage, ce crime qui déshonore encore l'humanité. Il se trouve que la France aura été, en dépit de tant d'efforts courageux, l'un des derniers pays, presque le dernier – et je baisse la voix pour le dire – en Europe occidentale, dont elle a été si souvent le foyer et le pôle, à abolir la peine de mort.

Pourquoi ce retard ? Voilà la première question qui se pose à nous. »

Analyse de la narration

→ En partant d'une simple date, Robert Badinter inscrit le moment de son discours dans le cours de l'histoire de France. Ce faisant, il confère une dimension historique à la décision que s'apprête à prendre l'Assemblée nationale. Son discours solennel flatte les députés, et joue sur leur orgueil. Badinter en appelle à leurs sentiments.

→ L'anaphore « la France est grande », la personnification de la France qui en crée une allégorie, ainsi que les différentes énumérations, renforcent la gravité, et même la majesté, de son propos.

→ Le commentaire de sa propre voix (« et je baisse la voix pour le dire ») plonge sa propre personne au sein de son discours. Par ce « métadiscours », il affirme sa personne, et exprime subtilement sa honte du retard de la France sur ce sujet. Il s'agit d'un argument de valeurs.

→ La dernière phrase, qui constitue le début de l'argumentation, montre à quel point la narration est habilement menée : elle lui sert de support au développement de son raisonnement.

Et pour l'épreuve ?

Inscrire son exposé dans un contexte large lui donne encore plus de valeur. Montrez que l'aspect précis que vous examinez ne sort pas de nulle part. Il appartient sinon à une histoire, du moins à un champ où figurent d'autres thématiques très importantes.

Il s'agit d'un oral concis de vulgarisation et d'appropriation personnelle d'un sujet. Plus vous rendrez votre propos accessible, comme Robert Badinter, plus vous révélerez vos qualités d'orateur. Soyez donc clair.

Si votre sujet s'y prête, vous pouvez employer des arguments de valeurs. Il est attendu que quelqu'un s'indigne de l'inhumanité, la pauvreté, la déforestation…

Enfin, vous pouvez adopter un ton solennel, selon le sujet que vous traitez. Attention à ne pas l'employer à mauvais escient, sous peine de produire un effet ridicule. Veillez aussi à ne pas verser dans la prise de position trop tranchée, si la question que vous traitez est polémique, éthique ou politique.

Bien exposer les faits

Si vous devez un jour prononcer un long discours politique, vous aurez encore plus le loisir d'employer les procédés de Robert Badinter. Les références à l'histoire et aux accomplissements passés fonctionnent très bien dans ce type de discours.

Par ailleurs, la connaissance de quelques dates, chiffres, et faits précis, même en nombre restreint, donne du contenu à un discours. La narration est le meilleur endroit pour les évoquer, avant de déployer votre argumentation proprement dite. Les oraux de concours ou d'examen de très nombreuses matières gagnent considérablement à contenir de telles précisions. Cultivez donc l'anecdote !

➔ Une narration époustouflante

Cicéron, dans ses discours *Contre Verrès*, fait preuve d'un art de la narration extraordinaire. De – 73 à – 71, Verrès, gouverneur de la Sicile, lève des impôts et pille les richesses. Les Siciliens font appel à Cicéron. Après le premier réquisitoire, accablant, de l'orateur, Verrès décide de ne plus assister aux débats. Cicéron fait néanmoins publier quatre autres discours qu'il comptait prononcer. Ces textes sont des modèles antiques des procès pour corruption politique. Ils donnent à Cicéron sa réputation de maître de l'éloquence judiciaire. Il jongle entre les énumérations de faits principaux répétés.

Un exemple d'exposition du problème pour l'épreuve

Question

L'hypothèse Gaïa de James Lovelock peut-elle faire évoluer la réflexion écologiste aujourd'hui ? (sciences de la vie et de la Terre et humanités, littérature, philosophie)

Exemple d'exposition

Dans le cadre d'investigations de la NASA sur la planète Mars dans les années 1960, le chimiste renommé James Lovelock a constaté l'immense différence de composition des atmosphères martienne et terrestre, qui démontrent, selon lui, l'absence de vie sur Mars. Notamment, la coexistence sur Terre entre des gaz très réactifs comme le méthane ainsi que la grande quantité d'oxygène seraient impossibles sur une planète sans vie. Cette thèse a été le point de départ de ses réflexions sur les conditions de la vie sur Terre, et donc de ses recherches approfondies qui l'ont conduit à formuler l'hypothèse Gaïa, si controversée.

En 1972, il avance que la Terre serait « un système physiologique dynamique qui inclut la biosphère et maintient notre planète depuis plus de trois milliards d'années en harmonie avec la vie ». En d'autres termes, la Terre se comporterait comme un organisme vivant, se régulant elle-même afin de se développer et survivre. La biosphère – tous les êtres vivants – interagirait avec l'atmosphère et l'environnement afin de maintenir un état d'équilibre chimique, qui permettrait à la Terre de continuer d'exister.

Si cette hypothèse Gaïa a soulevé de nombreuses critiques, elle a aussi été particulièrement féconde dans plusieurs champs scientifiques et philosophiques. Le manque de rigueur opposé à James Lovelock dans la formulation de son hypothèse ne l'a pas empêché de passer à la postérité. Reste qu'une des conséquences de la théorie initiale est que l'homme n'aurait pas à agir pour assurer l'avenir écologique de la planète, ce qui pose un sérieux problème ! Mais cette passivité a, depuis, été amendée. Peu de continuateurs sérieux de Lovelock maintiennent une telle position. Qu'en est-il aujourd'hui ?

Analyse

L'exposition de cette théorie complexe est claire, brève et efficace. Les détails sélectionnés servent chacun à construire la réflexion. Le lien avec la question posée n'est jamais perdu de vue. Le jargon scientifique est expliqué ou évité. Le temps de parole, à débit lent et limpide, avoisine la minute trente.

Au reste, elle débute par une anecdote, sans s'y attarder et sans les multiplier. Celle-ci rend la présentation moins monotone et plus originale, sans pour autant en compromettre la rigueur et la précision.

✖ À éviter coûte que coûte

- **Rentrer dans trop de détails et oublier l'essentiel.**
- **Perdre de vue l'argumentation.**
- **Adopter un ton décalé avec votre propos.**
- **Trop anticiper l'argumentation.**
- **Présenter confusément les problèmes et faits.**

L'argumentation

L'argumentation, troisième partie du discours, contient l'analyse du sujet, du problème, et donc du propos central qui justifie l'existence même du discours. Après avoir présenté les faits, l'orateur s'en sert, les explique, et les met au service de la défense d'une thèse, ou d'une théorie. Dans un discours politique ou militant, ce moment de l'argumentation prend une coloration polémique. Une conférence scientifique relève davantage du registre didactique, où l'orateur déploie son raisonnement en suivant des arguments factuels et logiques. Dans l'exposé, qui ne dure que cinq minutes, vous devez rester proche de votre colonne vertébrale : la question principale. Consacrez deux minutes à cette étape.

L'argumentation dans le discours de Václav Havel du 1er janvier 1990

Après plusieurs décennies de domination communiste, le tout nouveau président de la république de Tchécoslovaquie, Václav Havel, prononce une allocution télévisée. Après avoir énuméré dans sa narration plusieurs faits ou aspects qui engagent la responsabilité de tout le peuple, il en vient à son argumentation.

« Je parle de nous. Nous qui nous sommes tous habitués au système totalitaire, nous qui l'avons accepté comme un fait immuable, donc entretenu par nos soins. Autrement dit : nous tous – bien qu'à des degrés différents – nous sommes responsables de la dérive de la machine totalitaire. Nous ne sommes pas seulement ses victimes, mais nous sommes tous en même temps ses cocréateurs. Pourquoi parler ainsi ? Parce qu'il ne serait pas raisonnable de considérer le triste héritage des dernières quarante années comme quelque chose d'étranger, légué par un parent lointain. Nous devons au contraire accepter cet héritage comme quelque chose que nous avons nous-mêmes commis contre nous. Si nous le prenons ainsi, nous comprendrons qu'il dépend de nous tous d'en faire quelque chose. Nous ne pouvons pas faire porter la responsabilité de tout cela sur les gouvernants précédents, non seulement parce que cela ne répondrait pas à la vérité, mais encore parce que cela affaiblirait le devoir qui se pose aujourd'hui à chacun de nous, le devoir d'agir indépendamment, librement, raisonnablement et vite. Détrompons-nous, le meilleur gouvernement, le meilleur Parlement et le meilleur président ne peuvent pas à eux seuls faire grand-chose. Et ce serait très injuste d'attendre la solution d'eux seulement. La liberté et la démocratie, cela signifie la participation et la responsabilité de tous. »

Analyse de l'argumentation

→ Václav Havel introduit le passage à son argumentation par une **première phrase simple, courte et percutante** : « Je parle de nous ». Il met immédiatement en valeur le cœur de sa thèse : la responsabilité de tout le peuple, y compris lui-même, lors des quarante années passées sous le joug soviétique. L'abondance ensuite des **pronoms de première personne du pluriel** contribue à la confirmer à chaque instant. Sa colonne vertébrale est rigoureuse et solide.

→ Les **connecteurs logiques** (« autrement dit », « parce que », « au contraire »), les **structures de corrélation** (« si », « non seulement »/ « mais encore ») témoignent du souci de **structuration** de son argumentation.

→ Son propos ne s'aventure plus dans les anecdotes ou détails : il synthétise les principes qu'il défend, dans une dynamique tournée vers l'avenir. Havel souhaite convaincre son auditoire qu'il faut que chacun défende personnellement la **liberté** et la **démocratie**, ne se contentant pas d'en attribuer la mission au seul pouvoir en place. Le peuple doit proscrire une telle passivité et agir.

Bien argumenter

Tout discours gagne à développer un raisonnement limpide. Il suffit souvent de prendre quelques notes qui instaurent des liens logiques entre les étapes de notre raisonnement pour pouvoir les exprimer lors d'une réunion, d'une conférence ou d'un entretien.

Bâtir une argumentation solide aide à clarifier ses idées, sans avoir à retenir tous les termes précis qui font la substance du discours. Autant la narration doit être riche en détails, autant l'argumentation repose sur les **articulations**. Et sans ces articulations, un discours ou une prise de parole plus simple ne peuvent pas atteindre leur objectif.

→ Les types d'arguments

Selon le sujet choisi, l'oral vous conduira à mobiliser plusieurs types d'arguments :

- **L'argument factuel** : un fait, un événement, une donnée…
- **L'argument logique** : un lien de cause à effet, une déduction, une interprétation…
- **L'argument d'autorité** : référence à une personnalité savante ou digne de respect.
- **L'argument par analogie** : comparaison entre le cas que vous étudiez et un autre cas avéré.
- **L'argument de valeur** : correspond à une valeur morale, un principe éthique.

Et pour l'épreuve ?

L'argumentation doit être la partie la plus **claire** et **rigoureuse** de votre discours. Il s'agit de défendre une position, ou de suivre le fil d'un raisonnement clair, accessible à quiconque, et de garder une grande cohérence. Pas le temps donc de vous perdre dans des digressions ou anecdotes.

Or, Václav Havel mobilise une idée phare dès le début de son argumentation (« nous »), et oriente celle-ci progressivement vers les notions de démocratie et de liberté. Ces deux dernières étaient évidemment sous-entendues tout au long de son raisonnement, puisqu'elles sont le contraire d'un régime totalitaire.

Vous pouvez vous inspirer de cette façon de procéder en évoquant dès le début de votre argumentation **un concept clé** de votre thèse, et tirer des conclusions en suggérant puis nommant votre **deuxième concept clé**.

Par exemple, imaginons que vous analysez **le rôle des pesticides** dans le développement de certains **cancers**. Après une narration où vous avez bien présenté les enjeux du problème, évoqué plusieurs exemples précis, vous pouvez commencer votre argumentation en mentionnant l'interdiction nécessaire de certains pesticides, ce qui est votre première idée clé. Vous suivez alors un raisonnement jusqu'à suggérer la généralisation de l'agriculture biologique, ce qui est votre deuxième idée clé.

Enfin, l'utilisation de connecteurs logiques est la bienvenue, surtout ceux qui matérialisent un lien de cause à effet.

Un exemple d'argumentation pour l'épreuve

Question

La lutte contre le braconnage des rhinocéros par la conception de fausses cornes 3D laisse-t-elle augurer un avenir heureux pour les espèces en danger ? (SVT, SI, SES)

Exemple d'exposition

Imprimer des cornes en kératine à l'aide d'imprimantes 3D est une idée alléchante, mais peut-être contre-productive. Aucun risque de les distinguer des vraies, d'après la start-up américaine Pembient à l'origine de cette initiative, puisqu'elles auraient exactement la même forme et le même ADN. Si elles ressemblent à s'y méprendre à des cornes de rhinocéros, comment ne pas imaginer un bouleversement du marché de celles-ci ? En effet, une offre dépassant la demande signifierait une baisse de son prix. Les braconniers auraient alors moins intérêt à s'attaquer aux animaux.

Peut-on toutefois tabler sur une telle confusion entre vraies et fausses cornes ? Tout comme le marché de certaines pierres précieuses, il est à prévoir que des techniques plus ou moins sophistiquées d'identification des cornes voient le jour. Les connaisseurs ne tomberaient pas dans le piège de l'imprimante 3D, si ressemblantes les cornes soient-elles.

Certains, comme le défenseur des animaux sud-africain Bas Huijbregts, mettent en garde contre la création d'un deuxième marché : celui des fausses cornes. Un phénomène semblable s'est produit pour les diamants produits en laboratoire, dont la valeur a même fini par dépasser celle des diamants authentiques… Selon Huijbregts, il serait dangereux de tabler sur une corrélation entre saturation de l'offre du marché et baisse du braconnage.

En revanche, ce qui peut nous rendre assurément optimistes, c'est la créativité développée par certains, qu'ils soient des chercheurs spécialistes ou non. Plusieurs acteurs, forts de leurs valeurs, luttent à leur échelle pour que le monde soit moins cruel.

Analyse

Cette argumentation ne revient pas sur le détail de la fabrication des cornes 3D, que l'on imagine déjà bien exposée dans la narration. La **thèse nuancée** apparaît bien dans les premières lignes : une bonne idée, mais potentiellement fallacieuse. Le raisonnement **approfondit** ensuite plusieurs idées, en faisant montre d'un scepticisme nuancé, tout en saluant une telle initiative. Ne reste plus qu'une belle péroraison, et l'exposé sera réussi.

Deux arguments sont énoncés en faveur de ce projet, puis deux autres viennent en relativiser la portée. Le premier argument, sur l'ADN des cornes est **un argument factuel**. Le deuxième, sur le marché des cornes, est **un argument par analogie** avec d'autres marchés. Quant à l'argument sur la création d'un deuxième marché, il est à la fois **un argument par analogie** et **un argument d'autorité**, puisqu'il se réfère à un spécialiste. Enfin, **l'argument logique** sur la corrélation douteuse entre deux phénomènes vient clore le raisonnement.

Vous avez ainsi tout intérêt à nuancer votre propos lors de votre argumentation. N'hésitez pas à explorer différentes facettes, même opposées, du moment que vous en tirez une conclusion forte.

✗ À éviter coûte que coûte :
- Ne pas défendre d'idée, de point de vue, ou de thèse.
- Oublier ce qui a été dit dans la narration.
- Répéter les éléments de la narration.
- Se contredire en essayant simplement de nuancer.
- Survoler les enjeux sans mobiliser d'arguments.
- Confondre narration et argumentation : l'argumentation vient donc approfondir logiquement les faits exposés dans la narration. Vous devez faire la distinction entre les deux, dès l'annonce de votre plan, et éviter de développer des arguments trop tôt.

La conclusion (ou péroraison)

En rhétorique générale, la dernière partie du discours, la péroraison, est censée frapper les esprits. Dans un discours polémique, un appel vibrant à la sensibilité de l'auditoire est de mise. Mais dans un discours didactique, il s'agit surtout de synthétiser clairement son propos et de montrer toute la richesse de son sujet. Aucun discours n'épuise complètement un thème. L'orateur suggère donc une ou plusieurs pistes d'approfondissement. Quintilien lui-même distingue les péroraisons qui se situent « dans les passions » (discours engagé) et « dans les choses » (discours scientifique).

La péroraison du discours de Victor Hugo à l'Assemblée nationale législative le 9 juillet 1849 (« Détruire la misère »)

Cette péroraison clôt le discours de Victor Hugo où il défend avec vivacité l'idée que la pauvreté doive être combattue de toute urgence.

« Vous le voyez, messieurs, je le répète en terminant, ce n'est pas seulement à votre générosité que je m'adresse, c'est à votre sagesse, et je vous conjure d'y réfléchir. Messieurs, songez-y, c'est l'anarchie qui ouvre les abîmes, mais c'est la misère qui les creuse. Vous avez fait des lois contre l'anarchie, faites maintenant des lois contre la misère ! »

Analyse

→ Dans la péroraison de ce discours polémique, Victor Hugo interpelle son auditoire avec deux **apostrophes** (« Messieurs »), la **deuxième personne du pluriel** et **l'impératif** (« songez-y »). Il les implique directement dans son appel vibrant, qui sollicite la sensibilité de tous.

→ Son recours aux **allégories** (« générosité », « sagesse », « anarchie », « misère ») confère **une portée universelle** à son propos. Ce faisant, il cherche à **raisonner** dans l'absolu, et non plus à **choquer**. Et il demande à ses confrères de mobiliser leur raison pour œuvrer contre la misère humaine. La phrase « c'est l'anarchie qui ouvre les abîmes, mais c'est la misère qui les creuse » sonne même comme une **maxime**. Ces allégories constituent un moyen efficace pour récapituler sans se répéter véritablement. Elles condensent la thèse défendue par Hugo, tout en piquant l'orgueil des députés. Ils n'ont même pas à être généreux, mais au moins à être intelligents…

Dans d'autres contextes

La **touche finale** d'un discours ou d'une prise de parole un peu prolongée a son importance. L'auditoire retient souvent les dernières phrases prononcées. Ce moment est particulièrement précieux quand vous devez défendre une opinion **contre quelqu'un**, ou du moins susciter **l'engagement** d'un auditoire.

Et pour l'épreuve ?

Certains sujets peuvent se prêter à être présentés avec un vif engagement, et même une certaine indignation. Mais vous n'aurez jamais à interpeller le jury de cette façon. La deuxième personne du pluriel est donc déconseillée.

Mais vous pouvez utiliser des allégories, des concepts, des présents de vérité générale pour **récapituler** tout en **variant** votre façon de présenter vos idées. Une maxime peut venir couronner toute votre pensée.

Enfin, l'impératif peut être employé, mais plutôt à la première personne du pluriel (« Songeons-y ») afin de vous inclure dans l'exhortation.

À ce moment-là, l'usage des apostrophes, des deuxièmes personnes ou des impératifs est opportun. Veillez à toujours trouver le bon ton, pour ne pas blesser inutilement votre adversaire, ou, au contraire, pour ne pas trop épargner son raisonnement. Si vous êtes convaincus de votre cause, employez tous les outils à votre disposition, de bonne guerre.

Au reste, dans des oraux plus formels, comme des entretiens, des examens ou des concours, essayez d'introduire une touche finale originale.

Récapituler et interpeller

Votre exposé peut proposer un appel modéré à la sensibilité du jury. Vous vous efforcerez surtout de **récapituler** les grandes lignes de votre raisonnement (« les principaux chefs », selon Quintilien). Néanmoins, ce ne sera pas une répétition « pure et simple », mais un moyen de conclure sur une idée nouvelle, dans la continuité de votre raisonnement. Elle doit durer **trente secondes** environ.

Toujours en lien avec la question traitée, les dernières phrases de votre exposé peuvent :

- souligner les recherches qui restent à faire ;
- faire germer des considérations éthiques et morales ;
- exposer vos interrogations sur l'avenir ;
- nuancer le raisonnement suivi jusqu'alors.

✗ À éviter coûte que coûte

- Faire une conclusion farfelue.
- Déconnecter la conclusion de la question.
- Proposer une touche finale trop facile et attendue.
- Suggérer des approfondissements que vous n'êtes pas capable d'effectuer.

Un exemple de péroraison pour l'épreuve

Question : Pour quelles applications concrètes l'algèbre linéaire est-elle indispensable ? (mathématiques)

Quel champ complexe et vaste que celui de l'algèbre linéaire ! Bien qu'elle paraisse abstraite, comme nous l'avons vu, en découle néanmoins une multitude d'utilisations. Mais au-delà des CD audio ou du fonctionnement de Google, ses applications semblent infinies, des chiffrements de données aux modélisations architecturales. On pourrait affirmer, en définitive, que quand le progrès exprime son génie, ce sont les mathématiques et l'algèbre linéaire qui tirent les ficelles.

Analyse

Cette péroraison reste centrée sur le cœur de la question posée, par une **récapitulation** astucieuse (abstraction de l'algèbre linéaire, puis exemples d'applications concrètes), qui sert de support à un **élargissement du propos.**

Tout en restant sobre, la dernière phrase contient deux **allégories** sous forme de personnifications. Une telle originalité suffit pour ouvrir la réflexion vers l'avenir ou d'autres cas pratiques, et constitue un bon support aux questions à venir du jury, dans l'échange qui suivra.

Les connecteurs logiques de conclusion, comme « en définitive », « en somme », « somme toute », « finalement », « enfin », sont les bienvenus dans cette partie.

Exercices

Exercice 1 Rédaction de l'exorde de votre question

Dans l'espace « introduction » que vous avez laissé à l'étape n° 9 de votre carnet de bord, rédiger l'exorde de l'une des deux questions que vous avez choisies. Faites deux phrases pour une *captatio benevolentiae* efficace et deux autres pour une *partitio* claire.

Exercice 2 Jacques Chirac à Johannesburg

Cherchez sur YouTube le discours de Jacques Chirac du 2 septembre 2002 au IVe Sommet de la terre à Johannesburg. Écoutez-en l'exorde (les premières minutes) et expliquez ce qui le rend remarquable.

Exercice 3 Richard Malka et le procès des caricatures de *Charlie Hebdo* en 2007

Exorde de la plaidoirie de l'avocat Richard Malka dans le cadre du procès des caricatures de Charlie Hebdo.

« Monsieur le Président, Madame, Monsieur du tribunal, Madame le Procureur, j'aimerais commencer par une histoire, une histoire qui nous est racontée par Fethi Benslama, professeur de psychopathologie à l'université de Paris VII et musulman, pas plus mais pas moins non plus que les parties civiles qui nous poursuivent aujourd'hui.

Et Monsieur Benslama nous raconte ceci : "Il y a quelque temps, le caricaturiste algérien Dilem mettait en scène, le jour de la fête du sacrifice, un mouton fuyant à toute vitesse, poursuivi par un homme brandissant un couteau et dans la bulle, le mouton dit 'mais pourquoi veux-tu m'égorger ? pourtant, je ne suis ni une femme ni un intellectuel.'"

Monsieur Benslama commente ainsi cette histoire : "Voyez-vous, Mesdames, Messieurs, Chers amis, ce mouton blasphème. Non seulement il veut se soustraire à la place que lui assigne Dieu dans ses Saintes Écritures lorsqu'il a voulu le substituer au fils du Prophète Abraham mais, de plus, ce mouton parle et, ce faisant, il brouille les frontières de la création divine entre l'homme et l'animal. La bête parle et fait de l'humour avec les affaires religieuses, c'est ignoble.

Il y a plus grave encore : en courant plus vite que l'homme qui veut le trucider, il ridiculise ce paisible musulman sacrifiant et humilie l'ensemble de la communauté musulmane, sinon la totalité des milliards de musulmans morts et vivants. Mais le pire n'est-il pas que ce mouton fuyant de peur devant un musulman qui veut le manger est, de toute évidence, islamophobe ?" [...]

Et voilà en une fable, en une caricature, résumée toute l'absurdité des demandes qui vous sont faites. Voilà en une fable, en une caricature, résumé le problème de société qui vous est posé. »

Georges Kiejman et Richard Malka, *Éloge de l'irrévérence*

Par quels moyens Richard Malka rend-il l'exorde de sa plaidoirie particulièrement marquant ?

Exercice 4 Une exposition terrible des faits par Cicéron

Extrait de la « Cinquième action contre Verrès », discours prononcé par Cicéron en 70 av. J.-C. Cicéron évoque l'injustice d'un citoyen romain Publius Gavius, qui croise le chemin du terrible gouverneur de Sicile, Caïus Verrès.

« Ce Gavius, dont je parle, avait été jeté dans les carrières, comme tant d'autres, il s'en évada, je ne sais par quel moyen, et vint à Messine. À la vue de l'Italie et des murs de Reggio, échappé des ténèbres et des terreurs de la mort, il se sentait renaître en commençant à respirer l'air pur des lois et de la liberté : mais il était encore à Messine ; il parla, il se plaignit qu'on l'eût mis aux fers, quoique citoyen romain ; il dit qu'il allait droit à Rome. [...]

Gavius fut conduit aussitôt devant le magistrat. Le hasard voulut que ce jour-là Verrès lui-même vînt à Messine. On lui narre l'histoire de Gavius ; et aussitôt il se transporte au forum, ne respirant que le crime et la fureur. Ses yeux étincelaient : la cruauté était empreinte sur tout son visage. Chacun se demandait à quel excès il se porterait, et ce qu'il oserait faire, lorsque tout à coup il ordonne qu'on amène Gavius, qu'on le dépouille, qu'on l'attache au poteau et qu'on apprête les verges[1]. Ce malheureux s'écriait qu'il était citoyen romain, habitant de la ville municipale de Cosa ; qu'il avait servi avec Prétius, chevalier romain, actuellement à Palerme, et de qui Verrès pouvait savoir la vérité. Ce dernier se dit bien informé que Gavius est un espion envoyé par les chefs des esclaves révoltés : cette imposture était entièrement dénuée de fondement. Ensuite il commande qu'il soit saisi et frappé par tous les licteurs[2] à la fois.

Juges, un citoyen romain était battu de verges au milieu du forum de Messine ; aucun gémissement n'échappa de sa bouche, et parmi tant de douleurs et de coups redoublés, on entendait seulement cette parole : "JE SUIS CITOYEN ROMAIN". Il croyait par ce seul mot écarter tous les tourments et désarmer ses bourreaux. Mais non ; pendant qu'il réclamait sans cesse ce titre saint et auguste, une croix[3], oui, une croix était préparée pour cet infortuné, qui n'avait jamais vu l'exemple d'un tel abus du pouvoir. »

En quoi cette narration prépare-t-elle bien l'argumentation de Cicéron ?

Exercice 5 L'argumentation de Jean Jaurès dans son discours du 28 novembre 1908 contre la peine de mort

Jean Jaurès plaide en faveur de l'abolition de la peine de mort. Dans une narration claire et polémique, il montre que les criminels ne deviennent criminels qu'à cause de la société qui les a rejetés dans leur pauvreté. Un tel rejet crée chez eux un orgueil et un égoïsme tels qu'ils commettent un crime. Après ce récit, intervient le moment de l'argumentation.

« Je le répète, ce que nous reprochons avant tout à la peine de mort, c'est qu'elle limite, concentre la responsabilité de la peine de mort. C'est dans la race humaine l'absolu de la peine. Eh bien ! Nous n'avons pas le droit de prononcer l'absolu de la peine parce que nous n'avons pas le droit de faire porter sur une seule tête l'absolu de la responsabilité.

[...] Il est trop commode de trancher le problème avec un couperet, de faire tomber une tête dans un panier et de s'imaginer qu'on en a fini avec le problème. C'est trop commode de créer ainsi un abîme entre les coupables et les innocents. Il y a des uns aux autres une chaîne de responsabilité. Il y a une part de solidarité. Nous sommes tous solidaires de tous les hommes même dans le crime. »

Quels arguments Jean Jaurès emploie-t-il pour étayer sa thèse ?

Exercice 6 Analyse d'une péroraison

Discours de Nelson Mandela lors de son procès du 20 avril 1964 à Pretoria.

« Au cours de ma vie, je me suis consacré à cette lutte des peuples africains. J'ai combattu contre la domination blanche et j'ai combattu contre la domination noire. J'ai chéri l'idéal d'une société libre et démocratique dans laquelle tout le monde vivrait ensemble en harmonie et avec des chances égales. C'est un idéal pour lequel j'espère vivre et que j'espère accomplir. Mais si nécessaire, c'est un idéal pour lequel je suis prêt à mourir. »

Par quels moyens Nelson Mandela cherche-t-il à toucher son auditoire dans cette péroraison ?

Exercice 7 Choix d'une conclusion

Supposons la question d'oral suivante : « La sociologie de la famille parvient-elle toujours aujourd'hui à expliquer les choix de vie des jeunes couples français à enfants en bas âge ? » (SES)

Choisissez la conclusion qui vous semble convenir le mieux :

1. Dans une société où tout semble permis aujourd'hui, qui donc pourrait se targuer de prédire le comportement de quiconque ? Les choix de chacun échappent à toute explication. Les familles monoparentales se multiplient, au détriment des enfants, sans que le gouvernement ne réagisse correctement. Que pouvons-nous faire pour mieux maîtriser ce phénomène ?

2. La sociologie de la famille a pu proposer des modèles d'interprétation intéressants quant aux décisions que prennent certains ménages. Certes, les comportements actuels semblent échapper à certaines règles mises en évidence par le passé. Mais globalement, les jeunes couples ont une forte tendance à construire leur vie en fonction du mode de vie des parents de la femme. Avec la libération des mœurs,

1. **Verges** : fouets
2. **Licteur** : bourreau qui fouette le torturé
3. Il est sur le point de se faire crucifier

cette tendance-là volera-t-elle aussi en éclats ?

3. Proposer des modèles d'interprétation sociologique rigoureux de comportements n'est jamais aisé. Dans le cas de la sociologie de la famille, difficile de résister à la tendance de multiplier les catégories, comme nous l'avons vu. En somme, les jeunes couples décident-ils en fonction de leurs revenus, leur capital culturel, leur ***habitus*** ? Plutôt que de trancher, peut-être vaudrait-il mieux aller sur le terrain, les interroger, recouper les témoignages et dégager une loi. L'anthropologie viendrait alors au secours de la sociologie.

Corrigés

Exercice 2

Toute la force de l'exorde de Jacques Chirac réside dans la métaphore « Notre maison brûle », concise et marquante. Le parallèle qu'elle établit entre le confort d'un foyer, avec le déterminant possessif « notre », qui nous concerne tous, avec la planète entière, est évocateur. Le feu constitue aussi une hyperbole du réchauffement climatique.

Exercice 3

Une histoire et une description imagée sont plaisantes à écouter. Elles permettent d'illustrer une idée sans trop solliciter la réflexion de l'auditoire et mobilisent immédiatement ses sentiments. Or, Richard Malka commence sa plaidoirie par l'évocation d'une anecdote marquante et au cœur de son sujet. Il la tient d'une personne qui incarne une autorité intellectuelle, dont l'identité sert l'argumentation de l'avocat, puisqu'il s'agit d'un scientifique musulman, qui enseigne dans une université française. Ce choix n'est pas anodin. Il fait en effet d'une pierre trois coups : le plaisir de l'auditoire, l'entrée dans le thème et l'introduction d'un premier argument.

Un oral peut aussi débuter par une anecdote, et même une petite histoire, qui peut aussi être reprise d'une personnalité respectée. Pour ce faire, son choix et son insertion doivent être pertinents et rigoureux. Le lien avec le projet doit être clair et immédiat. La référence que l'on mobilise doit être légitime, voire connue. Sur un oral de cinq minutes, l'histoire devra se résumer à quelques traits saillants, et ne pourra rentrer dans trop de détails. Mais ce serait aussi l'occasion de tendre une perche à l'examinateur, en lui montrant que l'on connaît la version complète de l'histoire, de l'anecdote ou du fait divers. Libre à lui de nous interroger à ce sujet dans la deuxième partie de l'épreuve !

Exercice 4

Cicéron donne un exemple de la cruauté de Verrès. Il expose un fait en en développant les détails les plus sordides. Ce faisant, il suscite la compassion chez les juges et l'auditoire et cherche à les persuader de la culpabilité du gouverneur. Il interpelle directement ses auditeurs par l'apostrophe « juges ». Le lexique de la souffrance traverse son discours.

De nombreux procédés viennent souligner la bestialité de Verrès, comme l'allégorie de la cruauté empreinte sur tout son visage (Verrès devient alors l'incarnation même de la cruauté), ou encore la métaphore : « ne respirant que le crime et la fureur ». Chaque détail prépare ainsi l'argumentation de Cicéron.

Certains sujets se prêtent à une telle narration de faits. Ils seront nécessairement moins développés, et ne pourront pas reposer sur des mécanismes aussi polémiques. Vous n'avez pas à plaider une cause auprès de votre jury ! Toutefois, certaines métaphores sont efficaces, et le souci du détail contribue au plaisir et à la précision du discours.

Exercice 5

Jean Jaurès emploie deux arguments principaux pour plaider contre la peine de mort. Il a recours à un argument factuel : condamner une personne à mort c'est lui faire porter le poids d'une responsabilité collective. Il utilise ensuite un argument de valeurs : « nous n'avons pas le droit ».

Cette argumentation connaît un paroxysme dans la phrase « nous sommes tous solidaires de tous les hommes même dans le crime ». Celle-ci véhicule les idéaux socialistes de Jean Jaurès. L'emploi du pronom personnel de première personne du pluriel, de l'adjectif « tous » et du présent de vérité générale ancre le discours de l'homme politique dans une réalité universelle. Badinter s'y appuiera plusieurs décennies plus tard.

Un discours à forte tonalité polémique prend d'autant plus de consistance qu'il comporte des arguments solides et bien agencés. Tout discours efficace, dont celui de l'épreuve orale, ne peut échapper à cette règle.

Exercice 6

Nelson Mandela s'implique personnellement dans son discours, à travers l'abondance des pronoms de première personne du singulier. Ce n'est pas surprenant, puisqu'il s'agit de son propre procès. Mais l'extension vers l'idée d'un combat qui concerne tous les Africains rend cette péroraison universelle. Les parallélismes « j'ai combattu » et « j'espère » font résonner ses propos de clôture du discours autour de concepts simples, percutants, dont les antithèses imagées (« blanche »/« noire » ; « vivre »/« mourir ») viennent confirmer et nuancer la portée. La répétition du terme « idéal » place son discours bien au-dessus de sa propre personne. Qui souhaite sauver cet idéal unificateur tentera de sauver Nelson Mandela. Si ce dernier meurt, cet idéal lui survivra.

Cet appel vibrant à la sensibilité de tous comporte un raisonnement solide, reposant sur l'argument de valeur universel de l'égalité des droits. La combinaison de tous ces éléments vise à toucher l'auditoire le plus large possible.

Exercice 7

Réponse 3.

La réponse 1 est catastrophique pour trois raisons principales : elle exprime un avis normatif, moralisateur, biaisé ; elle se disperse, dès la première phrase, dans des considérations qui n'ont presque plus rien à voir avec la question ; et elle est peu rigoureuse dans les propositions qu'elle avance. Les lieux communs erronés foisonnent (« tout semble permis aujourd'hui », « familles monoparentales ») et la dramatisation d'un phénomène mal cadré est peu à propos dans un oral formel. À cela s'ajoute l'absence de récapitulation. Enfin, cette réponse décrédibilise un champ entier de recherche, ce qui est déconseillé quand vous parlez devant un spécialiste de la matière !

La réponse 2 commence bien, même si le style pourrait gagner en fluidité et originalité. La récapitulation revient sur des enjeux majeurs (en supposant qu'elle est conforme au développement, bien sûr) de la question. Mais l'ouverture par la suite est beaucoup trop vague, peu cohérente, et abrupte.

La réponse 3 paraît plus équilibrée et pertinente. Après une brève récapitulation dynamique, elle nuance l'exposé et propose un prolongement efficace. Le connecteur logique « en somme » situe bien l'étape à la fin du discours.

L’ÉCHANGE AVEC LE JURY

Les objectifs du dialogue

Après s'être exprimé sans discontinuer pendant cinq minutes, un double défi se pose : rester dans la dynamique de l'exposé et en même temps changer de disposition mentale.

Dans la continuité de l'exposé

L'épreuve n'offre pas de répit. Il reste encore quinze minutes à négocier. Donc pas de soupir ou de mimique de soulagement. Il faut se **reconcentrer** immédiatement. Et en même temps, le type de concentration devient différent. Pendant cinq minutes, vous venez de prononcer un discours structuré dans ses moindres détails, sur lequel vous vous êtes entraîné. La prestation dépend donc grandement de votre capacité à vous remémorer vos notes et à les mettre en voix.

Or, à présent, il faut faire preuve de **souplesse**, accepter les questions ou remarques **imprévisibles**. Il s'agit de s'ouvrir à un **inconnu** plus grand que l'exposé, puisque le dialogue repose sur l'orientation qu'en donne le jury. Mais cet inconnu n'est pas aussi abyssal que vous ne le croyez.

Un exposé à compléter

Lors de la préparation de votre projet et de vos entraînements à l'oral, vous vous rendrez compte que vous ne pourrez qu'**effleurer** certains enjeux. Vous ne pourrez rien approfondir véritablement. L'approfondissement ne peut intervenir que dans les quinze minutes restantes de l'épreuve.

Pour la satisfaction intellectuelle de votre jury et vous-même, le dialogue et le retour sur votre réflexion ont pour vocation de **compléter** ce que vous avez exposé jusqu'alors.

L'entretien peut prendre plusieurs directions différentes. On vous demandera de :

- **préciser**, voire **clarifier**, un détail de l'exposé ;
- **approfondir** et **développer** une idée ou un raisonnement ;
- **élargir** votre propos à d'autres cas d'application ;
- **prendre du recul** sur le thème général abordé, en lien avec l'avenir par exemple ;
- **croiser** votre sujet avec d'autres problématiques ou d'autres disciplines.

L'idéal serait d'être prêt à parer à toute éventualité. Il faut non seulement maîtriser parfaitement le contenu scientifique de son exposé, mais aussi être capable de répondre à des questions sur n'importe lequel de ces prolongements.

Carnet de bord : Étape n° 10 : des questions prévisibles

Sur une nouvelle page, faites quatre colonnes : Approfondissement ; Élargissement ; Recul ; Croisement.

Remplissez chaque colonne de la façon suivante :

- Dans la colonne Approfondissement, placez trois passages des notes de votre exposé, dont vous savez que vous n'aurez pas le temps de les développer.
- Dans la colonne Élargissement, notez de grandes problématiques de la discipline principale de votre projet. Associez-les à des passages des notes de votre exposé.
- Dans la colonne Recul, associez votre projet à l'histoire : qu'en était-il dans le passé, et qu'en sera-t-il à l'avenir ?
- Dans la colonne Croisement, constituez une ligne par discipline susceptible d'être croisée avec votre sujet.

Ce tableau constitue une étape préparatoire efficace au dialogue avec le jury. Après l'avoir peaufiné, il contient une **réserve de pistes à suggérer** lors de votre exposé, afin de mettre la puce à l'oreille de vos interlocuteurs.

De plus, vous l'utiliserez, lors de vos entraînements, pour préciser et maîtriser toutes les connaissances nécessaires. Pour le remplir, faites-vous aider par un professeur spécialiste de votre sujet. Il saura vous dire quels aspects stratégiques approfondir, comment élargir votre réflexion au sein de la discipline, comment prendre du recul en percevant l'avenir ou en analysant l'histoire de la thématique, et comment croiser votre sujet avec encore d'autres disciplines.

Enfin, tirez un trait sous le tableau. En dessous, faites la liste **de dix à quinze questions prévisibles** que l'on pourrait vous poser, qui découlent du tableau.

Aider son jury

Le jury aura sûrement préparé des questions, mais pas forcément. Il saisira volontiers certaines **perches** qu'un candidat lui tendrait. Du moins, susciter sa **curiosité** et son **désir d'en savoir plus** ne peut que jouer en votre faveur, si vous vous y êtes bien préparé.

Ainsi, un premier bon moyen pour ne pas décrocher de son oral consiste à **suggérer des idées de questions à son jury**. Votre exposé doit comporter entre trois et cinq moments lors desquels vous laissez entendre que vous seriez capable de prolonger votre réflexion, de développer une démonstration, d'évoquer des faits, des données, mais que vous pourriez difficilement intégrer tant de détails dans cinq minutes de prise de parole.

Voici quelques exemples de formules que vous pouvez glisser dans votre exposé :

- « …sur lequel je ne pourrai cependant pas m'attarder… »
- «…dont je ne pourrai pas détailler les événements… »
- « …je ne pourrai matériellement tout expliquer, mais… »

Attention à **ne pas exagérer** votre connaissance de ce dont vous n'avez pas le temps de parler. Le jury risquerait de vous pousser dans vos retranchements avec des questions trop pointues.

De même, ne passez pas trop de temps à dire que vous n'allez pas traiter tel ou tel aspect, alors que vous auriez pu tout aussi bien le traiter pendant le temps que vous avez mis à vous justifier !

→ « La prétérition »

Quand on affirme qu'on ne dira pas quelque chose, mais que ce faisant, on le dit quand même – même en le niant ! – on fait une prétérition. Cette figure de style est typique de certains discours politiques qui versent dans le registre polémique.

Par exemple : « Je ne m'attarderai pas sur l'hypocrisie de mon adversaire, qui a accumulé fausse promesse sur fausse promesse afin de soudoyer notre électorat, et je n'irai pas jusqu'à dire que cette sournoiserie confine au crime. Je me contenterai de souligner les incohérences de ses propositions. »

Ce texte fictif comporte deux types de prétéritions. Une première réside dans le verbe « ne pas s'attarder ». S'il s'était arrêté à « adversaire », il ne se serait effectivement pas attardé sur son hypocrisie. Mais la subordonnée relative suivante développe précisément cette hypocrisie. Cette prétérition atténuée (parce qu'il aurait peut-être pu s'étendre bien davantage !) en précède une véritable.

Le locuteur dit qu'il ne dira pas précisément ce qu'il est en train de dire. Il s'agit d'une tournure rhétorique qui relève de la litote. En niant, on prétend masquer, passer sous silence, mais on obtient l'effet inverse : on suggère plus.

Dans le cadre de l'oral, si l'on opte pour la prétérition, il est vivement conseillé d'avoir recours au premier type, à l'aide par exemple des formules suivantes :

- « Je ne m'attarderai pas sur… »
- « Je ne m'étendrai pas sur ce point précis, si fascinant soit-il… »

Une conversation

Dans l'idéal, le dialogue aboutit à une véritable **conversation**. On se met dans la peau d'un **interlocuteur** et non d'un interrogé. Le jury cherche à évaluer et tester le candidat, mais aussi à passer un bon moment. Bien sûr, le **caractère** du jury dépend d'une personne à l'autre. Certains examinateurs peuvent sembler froids ; d'autres joviaux. Il ne faut en tirer aucune conclusion quant à la valeur de la prestation, et encore moins la note finale obtenue.

✗ À éviter coûte que coûte

- Se relâcher juste après l'exposé.
- Donner l'impression que le dialogue relève de l'improvisation.
- Laisser entendre dans l'exposé qu'on est capable d'approfondir certains aspects, alors qu'il n'en est rien.
- Refuser de répondre à une question. Avec de la bonne volonté et une bonne préparation, on trouve toujours une façon de répondre.

Qualité des connaissances

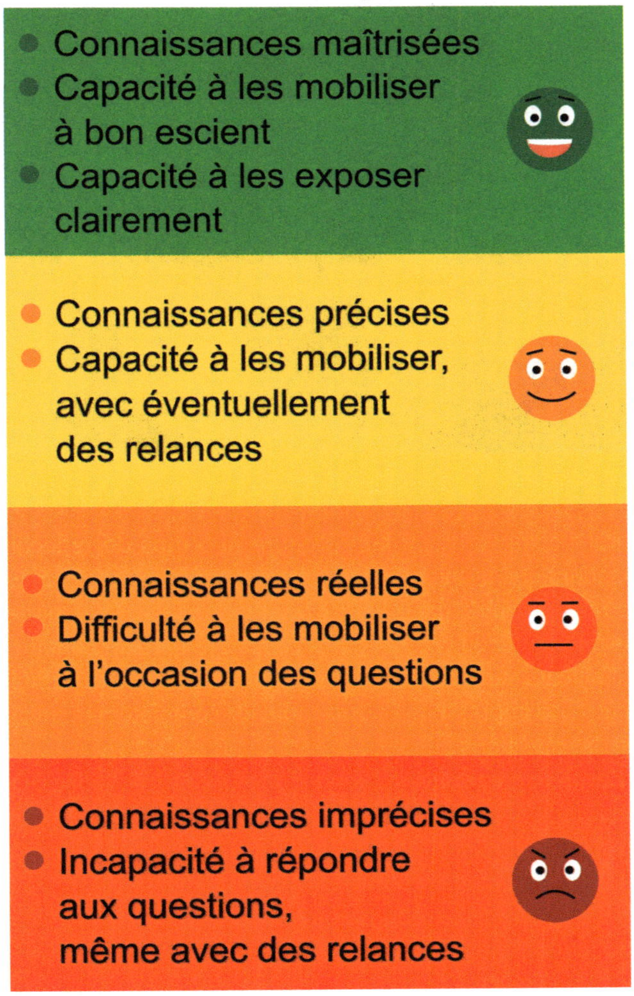

Dans le vif du dialogue

Toute votre concentration est à présent dirigée sur le jury. Mettez-vous dans la peau d'une personne interviewée. Certes, il faut préparer l'entretien en amont. Mais l'essentiel se joue dans la compréhension des questions qui vous sont posées.

Comprendre les questions posées

Auguste Rodin, *Le Penseur*.

Pour comprendre, il faut **prendre le temps de réfléchir**. Pendant une à cinq secondes, vous assimilez calmement les termes employés par le jury. Si besoin est, vous lui demandez de reformuler ou préciser – mais pas systématiquement.

D'ailleurs, se lancer de but en blanc dans sa réponse fait mauvaise impression. Vous sembleriez complètement négliger les questions.

Ces dernières peuvent prendre des formes très variées. On peut cependant les répartir en trois catégories selon les types de réponses qu'elles appellent :

- les questions à **réponse classique** ;
- les questions à **réponse ouverte** ;
- les questions à **réponse brève**.

Comprendre une question posée c'est identifier, au-delà de sa technicité, à quelle catégorie elle appartient. Parce qu'à chaque type de question correspond une attente plus ou moins précise de l'examinateur.

Les questions à réponse classique

La plupart des questions exigent une réponse structurée d'environ deux minutes. Il s'agit principalement de celles que votre examinateur aura préparées en amont – et vous aussi ! Ces questions classiques sont celles que vous pouvez anticiper le plus facilement. Elles découlent naturellement de votre projet.

Le jury s'attend donc à ce que vous parliez sans discontinuer pendant au moins une minute. Prenez la parole **en toute autonomie**, et ne demandez pas quand vous devez vous arrêter.

Le fil conducteur doit être la question telle qu'elle a été **précisément posée** par l'examinateur. Ne partez pas dans tous les sens.

Au-delà d'une minute environ, et en particulier quand vous pensez avoir donné assez de détails sur cette question précise, interrogez votre examinateur du regard.

S'il donne l'impression de vouloir intervenir, faites **une courte pause** à la fin d'une idée, et donnez-lui l'opportunité d'enchaîner sur une autre question.

S'il est plutôt réceptif et attentif, glissez subtilement vers **un autre développement** que vous maîtrisez, en explicitant bien le lien avec la question posée.

Exemple

L'oral d'un candidat traite de la genèse de la Comédie humaine d'Honoré de Balzac au début des années 1830 en spécialité humanités, littérature et philosophie. La première question du jury porte sur le résumé des *Chouans*, premier roman qui fera par la suite partie du projet réaliste. Après sa réponse d'une minute relativement exhaustive, il sent que le jury ne s'apprête pas à intervenir. Il propose donc soit d'approfondir sur la préparation de l'écriture des *Chouans*, pour laquelle Balzac a séjourné deux mois chez des militaires à la retraite, soit de résumer une autre des œuvres qui composeront le premier volet de la Comédie humaine : *Scènes de la vie privée*. Il prouvera ainsi sa connaissance approfondie du sujet en analysant *Le Bal de Sceaux*, ou *Modeste Mignon*.

Les questions à réponse ouverte

D'autres questions donnent l'impression d'être très générales, voire peu claires. Elles constituent en réalité des prétextes à ce que vous vous exprimiez librement sur votre projet. L'examinateur n'a pas d'attentes précises quant au contenu, mais il évalue **l'autonomie** et la **pertinence** de votre réaction.

Avant de se lancer dans la réponse à ce deuxième type de question, il importe de prendre le temps de réfléchir soigneusement. Ai-je **bien compris** la question posée ? Est-elle aussi générale que ce que je crois ? À ce stade, vous pouvez demander à votre examinateur de **reformuler ou préciser** sa demande.

Une fois que vous êtes certain de la latitude dont vous disposez, utilisez au mieux votre **liberté**. Ces questions, à condition de bien les aborder, vous permettront de compléter votre exposé, par des détails que vous maîtrisez bien. Vos digressions doivent être bien **structurées** et garder un rapport logique avec la question.

Exemple
- Quel lien pouvez-vous faire entre votre projet et... ?
- Les questions qui portent sur votre opinion. (« Que pensez-vous de... ? » ; « Croyez-vous que... ? »)

Les questions à réponse brève

Plus occasionnelles, ces questions portent sur un **détail**. L'examinateur vous interroge sur un aspect très précis, comme une **donnée**, un **fait**, une **théorie**. Il peut aussi vous demander de confirmer ou d'infirmer tel ou tel aspect. Une fois que vous aurez répondu, il pourra faire une remarque et vous poser une question plus vaste.

Ce sont les seules questions où vous pouvez admettre ne pas connaître la réponse. Si vous ne connaissez pas telle donnée précise, tant pis. Les questions les plus pointues interviennent souvent quand la prestation du candidat est déjà très bonne. L'examinateur, constatant l'étendue du savoir du candidat, lui pose cette question en guise de **bonus**. Mais s'il ne sait pas y répondre, il ne sera pas pour autant sanctionné.

Exemple
- Quelle est la température d'ébullition du lait ?
- Quelle est la formule du binôme de Newton ?
- « Vous me confirmez que vous aviez bien affirmé que les classes sociales et les catégories socioprofessionnelles étaient deux concepts différents ? » Dans cette question, l'examinateur ne vous demande pas de définir de nouveau ces concepts, mais d'apporter une simple confirmation. Il s'appuiera certainement sur votre réponse brève pour vous demander de préciser la définition de l'un ou de l'autre.

Diogène par Jean-Léon Jérôme, 1860.

➔ Diogène de Sinope

Au IVe siècle av. J.-C., le philosophe cynique Diogène de Sinope était réputé pour son mode de vie excentrique – il vivait dans un tonneau sans aucune ressource –, ses provocations répétées dans l'espace public, et son sens de la repartie.

Les Athéniens défilaient régulièrement devant lui pour lui poser des questions philosophiques et profiter de ses traits d'esprit. Voici l'exemple d'un passant qui l'interpelle : « Eh, le philosophe, tu sais ce qui vieillit le plus vite chez les humains ? – La bienveillance, répond Diogène. – Et ce qu'il y a de plus beau au monde ? – Le franc-parler ! Et toi, tu es un casse-pieds. »

L'épreuve offre peu de possibilités d'un tel cynisme, ou de provocations. Mais un peu de légèreté et d'humour dans le dialogue peuvent détendre l'atmosphère. Associée à une prestation sérieuse, approfondie et fluide, la repartie sera bienvenue !

Une réponse efficace et organisée

Une réponse efficace commence par un lien clair avec la question, quelle qu'elle soit. On peut même en reprendre exactement les mêmes termes au début.

On énonce ensuite le **premier axe de réponse**, avant de l'étayer par des faits, des données, des raisonnements.

Vient ensuite le **deuxième axe de réponse**, qui suit la même logique, tout en se rapportant de nouveau à la question posée. Et ainsi de suite.

En somme, une réponse efficace est une réponse qui suit un **plan**, dont chaque partie permet d'éclairer un peu différemment la question posée. Ce plan doit aller du plus évident vers le plus subtil.

Prenons la question d'histoire-géographie, géopolitique et sciences politiques : « Quelles dynamiques sont en jeu dans la volonté de sécessions des populations de certains pays de l'Union européenne ? » Une bonne manière de procéder serait d'envisager successivement les dimensions politique, économique, culturelle, en trois temps différents.

Quand la question est **fermée** – réponse par oui ou par non –, la plupart du temps il s'agira d'apporter une réponse **nuancée**, en pesant les aspects positifs et négatifs.

Par exemple, la question « La sensibilité à l'art est-elle en train de disparaître aujourd'hui ? » incite à développer une réponse en deux temps, l'un qui abonde dans son sens, et l'autre qui la réfute.

Le comportement du jury

Étudiez bien l'**attitude** et la **gestuelle** du jury. S'il vous encourage à développer au-delà de la question de détail, vous le sentirez. Il faut dégager une certaine **confiance en soi**, et approfondir ses idées, mais sans oublier son jury.

À tout moment du dialogue, vous pouvez **lui demander** s'il souhaite que vous continuiez sur telle ou telle voie. N'en abusez pas, cependant.

Le jury aura un **nombre minimum** de questions à poser, qu'il notera dans son rapport. On peut estimer qu'il en posera environ cinq. Le dialogue n'est donc pas un exposé bis, mais un véritable échange.

✘ À éviter coûte que coûte

- Ne pas répondre.
- Répondre sans prendre en compte la question posée.
- Faire des réponses trop courtes.
- Être à l'origine de moments de silence trop prolongés.
- Répondre tout de suite (il faut réfléchir).
- Empêcher son examinateur de poser certaines questions.
- Couper la parole de l'examinateur.
- Répondre de façon confuse, sans logique.

Qualité de l'interaction

- Le candidat s'engage dans sa parole
- Il réagit de façon pertinente
- Il prend l'initiative dans l'échange
- Il exploite judicieusement les éléments fournis par la situation d'interaction

- Le candidat répond, contribue, réagit
- Le candidat se reprend, reformule en s'aidant des propositions du jury

- L'entretien permet une amorce d'échange
- L'interaction reste limitée

- Réponses courtes ou rares
- La communication repose principalement sur l'évaluateur

Revenir sur sa réflexion

La reprise constitue souvent le dernier temps d'un examen oral. Après l'entretien où le candidat a répondu à une série de questions variées, l'examinateur reprend certains aspects de l'exposé. Il peut commenter certains détails – la plupart du temps en toute neutralité – et poser quelques questions qui permettent de revenir sur sa réflexion.

Edgar Morin.

Un moment important

Le Grand oral se prête particulièrement à un tel retour. Après un petit bilan de vos propos, le jury vous invite à prendre une dernière fois la parole pour développer des idées neuves, mais toujours en lien avec votre exposé. Au-delà des questions du dialogue, vous avez la possibilité de révéler votre **mode de raisonnement**.

Dans la continuité logique du dialogue, vous pouvez une dernière fois déployer vos **connaissances**, votre **sens logique** et votre **éloquence**. Accessoirement, il s'agit d'une occasion pour compléter l'exposé de votre projet.

→ L'interview

Dans un article intitulé « L'interview dans les sciences sociales et à la radio-télévision », paru dans la revue *Communications* en 1966, le sociologue Edgar Morin explique : « L'interview est une intervention, toujours orientée vers une communication d'informations. Mais ce processus informatif, toujours présent, peut ne pas être le processus ni le but essentiel de l'interview ; c'est le processus psychoactif lié à la communication qui peut être le plus important. »
Autrement dit, dans une interview, ce n'est pas seulement le contenu qui compte, mais le lien que l'on crée avec son public dans le jeu de questions-réponses.
De même, dans cette dernière partie de l'épreuve, la façon de développer sa réponse compte au moins autant que le contenu même de celle-ci. Mettez-vous donc dans la peau d'une personnalité interviewée, qui doit véhiculer une impression positive, plus qu'une érudition sur tel ou tel aspect technique.

Exprimer sa pensée en acte

Lors d'une reprise, le jury ne s'attend pas à ce que vous déclamiez une réponse parfaite. Il s'agit surtout de **réfléchir intelligemment à voix haute**. Vous avez le droit de donner l'impression de **tâtonner**. Le jury doit suivre votre pensée en train de se construire. Ce conseil s'applique pour bon nombre d'épreuves orales d'examens ou de concours dans le supérieur. Un candidat qui **utilise** ses connaissances avec **pertinence** et **bon sens** sera bien plus valorisé qu'un candidat érudit mais incapable de raisonner.

Prenons par exemple un projet portant sur l'agriculture de l'Asie du Sud-Est, et dont les aspects majeurs ont été traités à l'appui de nombreuses données et analyses pertinentes, dans l'exposé et le dialogue. Après avoir fait une synthèse de ce que le candidat a développé, le jury peut lui demander de réfléchir à une autre zone géographique, comme l'Amérique centrale. Il lui fournirait alors toutes les données nécessaires. Le candidat réfléchirait à haute voix pour construire sa réponse.

Une mise en jeu de sa réflexion

Vous devez varier légèrement votre réflexion en l'appliquant à un cas différent. Le jury veut s'assurer que votre projet vous servira d'un point de vue **méthodologique**. Vous n'avez pas seulement acquis un savoir, mais un savoir-faire.

Prenez-le comme un **jeu d'analogies** entre votre projet et le nouveau cadre que l'on vous propose. Si votre projet porte sur la sociologie des supporters de football, vous êtes censé pouvoir suivre un raisonnement analogue sur la sociologie des supporters de rugby ou de cyclisme, sans en tirer les mêmes conclusions.

Il peut s'agir aussi d'un **changement de point de vue**. Un projet d'histoire qui traite des empereurs russes au début du XXe siècle comporte en creux le point de vue des paysans et ouvriers russes de cette époque. De même, imaginons un projet de littérature sur l'influence du théâtre de Molière sur le théâtre du XVIIIe siècle. Si le jury présente au candidat un extrait d'une pièce de théâtre postérieure (par exemple une comédie d'Alfred de Musset) et demande au candidat d'y discerner l'influence de Molière, il aura nécessairement de quoi répondre.

L'inventivité

Une part d'**inventivité** peut être exigée dans cette reprise. Alors que la plupart des questions du dialogue, qu'elles soient classiques ou ouvertes, portent directement sur les connaissances du candidat, celles d'une reprise peuvent solliciter votre imagination.

L'**ouverture d'esprit** doit être encore plus grande que dans les questions précédentes. Soyez prêt à **prendre des risques** et à vous lancer dans des **explications osées**, qui peuvent même vous sembler farfelues au premier abord.

Surtout, essayez de ne pas sembler tétanisé par l'originalité de la question. Vous seriez bien plus pénalisé que si vous essayiez de déployer un raisonnement erroné.

Appropriation des conseils

Si le jury vous **prodigue des conseils**, tenez-en compte à tout prix lors de votre dernière prise de parole. L'interaction doit être réelle et fluide avec vos examinateurs.

S'ils vous adressent des **critiques**, ne vous en offusquez pas. Elles seront certainement constructives pour que vous approfondissiez encore vos idées. Un jury qui critique est un jury qui croit en vous !

Certaines critiques vont parfois de pair avec une **excellente prestation**. Le jury cherche à voir jusqu'où vous êtes capable d'aller, même s'il sait déjà qu'il vous mettra la note maximale.

Capacité d'adaptation

Votre **réactivité** et votre **adaptation** aux circonstances constituent des qualités précieuses pour l'épreuve et au-delà. Tout ne se passe pas nécessairement comme prévu. Et cette dernière étape de l'épreuve ne peut de toute façon pas se passer exactement **comme prévu**.

De nombreux entretiens d'embauche et oraux de concours – notamment pour l'entrée dans des écoles de commerce – ont pour but de **déstabiliser** le candidat. La capacité d'adaptation au jury, aux questions, voire aux provocations, devient alors une qualité majeure, qui fait la différence.

Et les questions plus personnelles ?

À la toute fin de l'entretien, votre jury sera peut-être tenté de vous poser une **question personnelle**. Ne soyez pas surpris, et respectez le même principe que jusqu'alors : un propos **clair, structuré, fluide et efficace**.

Si votre projet en mathématiques porte sur l'algèbre linéaire, il sera naturel qu'on vous demande d'où provient cette idée. Soyez toujours **honnête dans un premier temps** : votre cousin chercheur vous l'a suggéré, ou tout simplement votre professeur. Mais dans **un deuxième temps**, montrez que vous vous êtes intimement **approprié** le sujet en question. Vous avez mené vos recherches vous-même. Vous vous êtes même pris de passion pour ce thème – sans exagérer non plus. Un **enthousiasme bien dosé** touche nécessairement le jury.

Ne vous étendez pas non plus sur des **considérations trop personnelles**, ou du moins ne vous y attardez pas. Sont évalués votre bon sens, votre agilité d'esprit et votre implication dans le projet, et non pas le détail de votre autobiographie.

→ Les entretiens de personnalité dans les écoles de commerce

Les entretiens de personnalité (ou de motivation) sont une étape majeure dans les concours d'admissions aux écoles de commerce.
Les candidats sont avant tout évalués sur la qualité de l'interaction qu'ils proposent au jury. Dans cette épreuve, quand le jury pose une question, il s'attend à un large éventail de réponses, dont les unes ne sont pas plus justes que les autres. Simplement, ces réponses doivent sembler authentiques, spontanées bien argumentées, présentées avec charisme, dans un équilibre entre modestie et assurance.
Le Grand oral, s'il est loin d'être centré sur la personnalité du candidat, exige de telles qualités à la fin du dialogue. En ce sens, il constitue un galop d'essai pour les élèves qui s'orienteront vers de tels concours.

✕ À éviter coûte que coûte

- Ne pas réfléchir.
- Ne pas répondre : dites-vous qu'un début de réflexion constitue déjà une réponse.
- Plaquer une réponse toute faite.
- Se braquer ou se vexer face à une critique (ou une impression de critique).
- Rester silencieux trop longtemps au lieu de réfléchir à voix haute.

Exercices

Exercice 1 Un entretien fictif

À partir de votre projet et de votre carnet de bord, écrivez un entretien comportant sept questions. Vous choisirez trois questions à réponse classique, une question à réponse ouverte, et trois questions à réponse brève.

Demandez ensuite à une personne de confiance de vous interroger sur ces questions. Veillez à ce que l'ensemble ne dépasse pas (trop) dix minutes.

Exercice 2 Une interview gênante

Sur le site www.ina.fr cherchez la vidéo « Valéry Giscard d'Estaing à propos des diamants reçus de Bokassa ». Trois journalistes posent des questions au président de la République de l'époque (1974-1981) au sujet d'une affaire de diamants compromettante. N'en visionnez que les deux premières minutes.

1. Les questions posées par les journalistes sont-elles habiles ?
2. Comment Valéry Giscard d'Estaing réagit-il après la première question posée ? Est-ce une bonne stratégie ?
3. La réponse du président est-elle directe ? Semble-t-elle authentique ?
4. Finalement, est-il convaincant ?

Exercice 3 Répondre à une interview fictive

Un ami vous pose les questions suivantes. Répondez-y en vous ménageant une dizaine de secondes pour y réfléchir. Votre réponse doit comporter deux idées majeures, que vous développez en quarante-cinq secondes chacune.

1. Est-il scandaleux qu'un multimillionnaire consacre sa fortune à ses caprices ?
2. Doit-on éviter à tout prix l'influence des autres ?
3. Que pensez-vous de la politique menée par le président des États-Unis Donald Trump ?
4. Jusqu'à quel point les parents devraient-ils s'impliquer dans la vie de leurs enfants ?

✗ À éviter coûte que coûte

- **Ne pas nuancer votre propos.**
- **Vous perdre dans les détails.**
- **Ne pas articuler vos idées.**

✓ Conseils

Attention au piège du « que pensez-vous... ? ». On vous demande certes votre avis, mais en réalité on vous demande surtout un raisonnement. Il est donc beaucoup moins important de trancher que de proposer une argumentation solide. Cela peut paraître paradoxal, il n'est pas nécessaire d'avoir un avis...

Exercice 4 Conversation à table

Demandez à des membres de votre famille ou à vos amis de vous poser des questions sur trois thèmes d'actualité qui n'ont aucun rapport les uns avec les autres. Vous devez répondre immédiatement pendant une minute à chaque fois.

Si votre entourage est inspiré, il peut même rebondir sur vos propos et vous poser d'autres questions pour vous pousser dans vos retranchements.

Exercice 5 Brainstorming écrit

Mettez-vous en binôme avec un camarade. À partir d'une question au choix parmi les suivantes, notez sur une feuille un maximum d'idées pendant 1 minute, que vous essayez de regrouper au mieux. Répondez à la question en un petit discours de 3 minutes maximum. Votre camarade vous écoute, vous évalue, et éventuellement vous pose d'autres questions. Échangez ensuite les rôles.

Exemple de question : Les mathématiques sont-elles essentielles dans la vie ?

Une grande partie de la réponse consistera à affirmer qu'on ne peut se passer de mathématiques dans de très nombreux domaines techniques. Même dans la vie quotidienne, certaines mathématiques rudimentaires sont indispensables.

Toutefois, en précisant ou en redéfinissant la notion de « vie », on peut encore aller plus loin. Est-ce la vie humaine ? La vie animale ? La vie personnelle de chacun ? La vie par opposition à la mort ? En ouvrant sa réflexion ainsi, on étoffe considérablement la portée de sa réponse.

- Dans la préservation de la faune, doit-on privilégier certaines espèces plutôt que d'autres ?
- Devons-nous critiquer les autres ?
- L'abolition des frontières géographiques est-elle impossible ?
- L'art abstrait peut-il nous apporter des leçons importantes ?
- Le droit de s'exprimer doit-il être accordé à tout le monde ?
- L'histoire nous sert-elle vraiment aujourd'hui ?

- Toutes les cultures sont-elles respectables ?
- Le progrès est-il le plus bel objectif de l'Homme ?
- Pourquoi est-il nécessaire de décrire les phénomènes physiques ?
- La poésie est-elle utile ?
- Savoir parler, est-ce l'atout le plus précieux que l'on puisse posséder ?
- Pourquoi la rancœur est-elle néfaste ?
- La médecine est-elle indissociable des débats éthiques ?
- Existe-t-il des personnes à qui l'on peut obéir aveuglément ?

✓ Conseils

N'hésitez pas à exposer votre réflexion au début de votre discours. Pensez par exemple à définir petit à petit les termes importants de la question. Vous pouvez même revenir sur certaines définitions au cours de votre réponse pour les nuancer et donc approfondir votre pensée.

Exercice 6. Brainstorming mental

Faites exactement le même exercice que le précédent, sans feuille ni stylo. Tout doit s'organiser dans votre esprit.

Exercice 7. Les questions personnelles

À partir de votre projet, répondez spontanément aux questions suivantes :

1. Pourquoi avez-vous choisi ce projet ?
2. Votre orientation après le baccalauréat a-t-elle un lien avec votre projet ?
3. Que vous a apporté le travail sur votre projet ?
4. Qui vous a aidé dans votre projet ?
5. Avez-vous passé beaucoup de temps à structurer votre projet ?
6. Vous êtes-vous entraîné longuement à exposer votre projet ?

✓ Conseils

Présentez à vos professeurs de spécialité les réponses qui vous sont venues naturellement. Ils vous aideront à en évaluer la pertinence. Ces questions peuvent sembler piégeuses. Mais il faudra procéder presque comme pour tout type de questions : dégager un ou deux axes de réponses clairs et précis, et les développer en n'évoquant que les détails importants. Le jury ne désire pas connaître votre vie, ou votre intimité, mais dégager la dimension personnelle de votre projet. Toute réponse intelligente et préparée, tout en demeurant souple, sera la bienvenue.

Corrigé

Exercice 2. Une interview gênante

1. Les journalistes utilisent beaucoup de modalisateurs, en particulier le premier. Ces précautions oratoires leur permettent d'entrer dans le vif du sujet, mais sans être pour autant trop frontaux. Ils donnent la possibilité au président de s'exprimer clairement et exhaustivement sans véritablement l'accuser.

2. Le président prend son temps après la première question. Il tente de paraître décontracté et confiant. Le fait de proposer de lui poser d'autres questions confirme l'assurance qu'il souhaite dégager. Il peut réfléchir pendant quelques secondes. Une telle attitude lui permet de se concentrer. Mais en même temps, on sent que les questions le dérangent. Il semble avant tout retarder le moment où il répondra enfin.

3. Valéry Giscard d'Estaing ne répond pas directement à la question. Il tourne visiblement autour du pot. Il est suspect d'esquiver ainsi le sujet. Rien ne semble authentique.

4. Face à des questions simples et bien formulées, le président ne propose pas de réponses simples. Il complexifie volontairement son propos, en essayant de le rendre savant et intelligent. Mais il ne parvient pas à faire illusion. Son interview n'est donc pas très convaincante : elle est mal préparée. Le président n'a pas su anticiper les questions posées.

PRÉSENTER SON PROJET D'ORIENTATION (5 MINUTES)

La pertinence du projet

La question que le jury tire doit maintenant être examinée à l'aune de vos projets personnels. Votre exposé initial développe les aspects savants de la question, l'échange de dix minutes les approfondit, et ce dernier moment vise à rendre la question encore plus vive par un cas d'application directe : vous !

Une étape à préparer soigneusement

Ne négligez pas les cinq dernières minutes de votre oral, malgré la fatigue des quinze premières minutes que vous ressentirez. Comme pour le reste de l'épreuve, le jury évalue le degré de préparation de votre projet d'orientation. Cette fois-ci, l'angle adopté est personnel. Vous devez montrer que la question traitée a participé à la maturation de votre projet de poursuite d'études, et même de votre projet professionnel.

Pour ce faire, il est conseillé d'avoir suffisamment de ressources pour parler **trois minutes en continu**. Préparez donc un petit discours structuré, que vous exprimerez tel quel si vos examinateurs vous posent une question très générale. Même s'il s'agit d'un échange plus dynamique, vous pourrez **prévoir** les premières questions que le jury vous posera. Il s'attendra à ce que vous les ayez anticipées.

Ce ne sont ni votre niveau d'ambition, ni votre sincérité, ni l'originalité de votre projet qui sont évalués. Avant tout, il est attendu que votre projet soit **cohérent avec la question** que vous avez travaillée en amont, et crédible au vu de vos spécialités. Plus les **liens** entre votre projet d'orientation et le développement de votre question seront intelligents et étroits, plus votre épreuve sera réussie.

Parler de soi

Le point focal est **votre avenir**, et la **réflexion personnelle** que vous lui consacrez. Vous devez donc bâtir un petit discours autour de vous-même. Le jury ne cherche pas pour autant à connaître les détails de votre vie ou de votre personne. Toute considération trop personnelle peut apparaître comme naïve, ou du moins improvisée. En réalité, vous devez construire un **raisonnement**, dont l'objet est **l'après-baccalauréat**. La question traitée en première partie **a enrichi** votre long cheminement vers les vœux d'orientation.

Attention, vous n'avez pas forcément à faire correspondre votre projet d'avenir et la question présentée. Si tel est le cas, vous pouvez en tirer avantage. Mais vous pouvez aussi montrer au jury comment un sujet à première vue **peu en lien** avec votre projet d'orientation permet cependant un **approfondissement** de celui-ci.

Poursuite d'études

Avec votre professeur principal, et en autonomie, vous aurez travaillé sur votre orientation post-bac.

Carnet de Bord : Étape n° 11

Ouvrez une nouvelle page et écrivez en titre : **Étape n° 11 : Le projet d'orientation**. Divisez deux pages en deux colonnes, l'une intitulée « Poursuite d'études », et l'autre « Projet professionnel ». À l'aide du site de l'ONISEP et de la plateforme Parcoursup, complétez petit à petit ces deux colonnes. Par un système de numérotation, faites correspondre les entrées « Poursuite d'études », « Projet professionnel » avec les questions que vous comptez traiter.

Quelques exemples de projets par spécialité

Arts

Question : Expositions artistiques et contexte politique : la polémique Philip Guston

- École du Louvre
  - → guide culturel
  - → critique d'art
  - → attaché culturel
- Institut national du patrimoine
  - → conservateur de musée
  - → muséologue

Histoire-géographie, géopolitique, et sciences politiques

Question : L'ordonnance de Brunoy (1346), par Philippe VI sur les défrichements des forêts

- Université d'histoire / CPGE A/L ou B/L
  - → chercheur en histoire médiévale
  - → professeur d'histoire-géographie en lycée ou collège
  - → conservateur de musée d'histoire médiévale
- Institut d'études politiques
- attaché d'administration de l'Office national des forêts

Humanités, littérature et philosophie

Question : La synesthésie dans la poésie de Charles Baudelaire

- Université de lettres modernes / CPGE A/L ou B/L
  - → chercheur en littérature

→ professeur de français en collège ou en lycée

- Université de psychologie
  → chercheur en psychologie cognitive de la perception
  → psychologue

Mathématiques

Question : Le quipu, comme recensement des données statistiques dans l'administration inca

- Université de mathématiques
- CPGE MPSI
  → chercheur en mathématiques
  → professeur de mathématiques en collège ou en lycée
- CPGE B/L
- ENS Cachan D2
- ENSAE
- ENSAI
  → statisticien
  → économiste

Physique-chimie

Question : Le rôle des irrégularités d'Uranus dans la découverte de Neptune par Le Verrier (1811-1877)

- Université de sciences physiques
- CPGE PCSI
  → astronome
  → professeur de physique-chimie en collège ou en lycée
- CPGE PCSI -> école d'ingénieur
  → ingénieur aérospatial
  → école d'aviation
  → pilote de ligne

Exemple de discours de trois minutes sur le projet d'orientation

Question : Faire prendre conscience au monde de l'effet Matilda peut-il profiter aux évolutions scientifiques ? (Physique-chimie et SES)

[Idée développée lors de l'exposé et de l'échange : L'effet Matilda désigne la minimisation récurrente et généralisée de la contribution des femmes à la recherche scientifique. Par exemple, de très nombreuses femmes à l'origine de grandes découvertes ou avancées n'ont pas été créditées à leur juste valeur, ou ont même été oubliées, au profit de scientifiques masculins. Ce phénomène continue de se poursuivre dans des équipes de recherches mixtes.]

Dans le contexte actuel, l'effet Matilda me tient particulièrement à cœur. [J'ai découvert ce concept par hasard. Au tout début de mes recherches sur une question d'oral, je suis tombée sur un article évoquant ce phénomène. Je me suis intéressée à la question, j'ai lu des publications de Margaret Rossiter, et j'ai voulu creuser plus avant dans l'histoire des sciences et la sociologie de la recherche scientifique. J'ai notamment beaucoup exploré les travaux de Robert King Merton, qui avait conceptualisé l'effet Matthieu dans les années 1960, lequel a inspiré la version féministe de Rossiter.] [Moi qui ai plutôt un profil scientifique, j'ai donc mis un pied dans les sciences économiques et sociales, et les Gender Studies. Cet intérêt ne sort tout de même pas de nulle part, puisque j'avais choisi SES en première, avant de l'abandonner au profit de la physique-chimie et des mathématiques.]

[Or, mon rêve depuis plusieurs années est de devenir ingénieur de la police technique et scientifique. Je sens en moi une vocation pour l'analyse d'indices qui permettent à des enquêtes de progresser. Ce rôle est essentiel pour réussir à mettre en lumière la vérité, trouver les coupables, reconstituer les éléments. Chaque situation est nouvelle, et apporte donc son lot de surprises. Du moins, telle est l'idée que je m'en fais a priori !]

[Et comme j'affectionne tout particulièrement la chimie, j'aimerais tout d'abord intégrer une grande école d'ingénieur de chimie. Pour ce faire, j'espère être admise dans une classe préparatoire PCSI. Après avoir fini un master de chimie analytique, idéalement dans une école de chimie, sinon à l'université, je passerai le concours de la PTS.]

[Quel lien avec mon travail sur l'effet Matilda ? Je dirais que j'ai pris conscience, ces derniers mois, des progrès qui restent à accomplir pour que les femmes acquièrent une réelle légitimité scientifique. Au-delà même du travail d'analyse que j'évoquais dans le cadre de crimes, par exemple, je souhaiterais apporter ma contribution à la conception de techniques d'analyse chimique de la police scientifique. Si tel devait être le cas, j'aimerais que mon travail soit considéré à sa juste valeur !] Et je pense toujours garder un œil ouvert sur les sciences sociales, et les sciences humaines en général. De sorte que je puisse éventuellement contribuer à faire évoluer le concept de l'effet Matilda.

Analyse

Ce discours **bien coordonné** et **crédible** remplit le cahier de charges général de cette dernière partie d'épreuve :

→ allusions à la naissance de l'intérêt pour le sujet ;
→ projet professionnel ;
→ projet de poursuite d'études ;
→ anecdotes personnelles bien distillées pour servir le propos ;
→ lien concret avec la question traitée, sans l'exagérer non plus.

En particulier, le projet d'avenir ne paraît pas artificiel, précisément parce qu'il ne correspond **pas exactement** au thème de la question traitée. La candidate n'a donc pas cherché coûte que coûte à tirer son projet vers la question. Au contraire, elle a montré comment la question qu'elle a travaillée pendant des mois a pu enrichir ses perspectives d'avenir.

Attention, rien ne dit que vous aurez forcément la parole pendant trois minutes en continu, et donc que vous pourrez développer un discours aussi structuré du début à la fin. Mais il est toutefois utile d'avoir construit un tel discours, même si vous devez le décomposer au gré des questions que l'on vous pose.

Les réponses à des questions

Il se peut que votre jury souhaite plutôt orienter votre discours par des **questions**. En cela, il se situerait donc dans la continuité de l'échange de dix minutes qui vient de s'achever.

Vous devez évidemment répondre **directement** à la question posée. Ne vous égarez donc pas dans un premier temps. Le piège serait de déployer bille en tête tout le discours que vous aviez préparé en amont. Au contraire, écoutez la question avant d'y répondre.

Dans un deuxième temps, une fois que vous avez répondu de la façon la plus exhaustive possible à la question, **sondez le jury du regard**. Si vous sentez que la parole est encore à vous, développez **les aútres idées** que vous aviez prévu d'évoquer. Coordonnez bien la nouvelle phase de votre réponse avec la première, tout en rappelant le lien avec la question initiale posée. Par exemple, très simplement, le jury vous demandera sans doute de détailler vos projets d'études. Après y avoir répondu, s'il ne vous relance pas, vous pouvez enchaîner sur vos perspectives professionnelles, ou encore sur le lien avec la question traitée en exposé.

Anticiper les questions posées

Enfin, vous devez anticiper les questions susceptibles de vous être posées. Vous avez déjà articulé votre discours autour de votre projet de poursuite d'études et de profession, du lien avec la question posée et des circonstances qui vous ont conduit à approfondir ce sujet pour l'oral. En plus de ces considérations, vous devez être capable de répondre à des questions portant sur :

- les rencontres qui vous ont permis d'avancer dans votre projet d'orientation ;
- les engagements que vous avez dans la vie du lycée ou en dehors ;
- vos expériences à l'étranger, ne serait-ce que pour des séjours de vacances ;
- l'intérêt que vous portez à vos spécialités ;
- l'intérêt pour les enseignements du tronc commun.

Carnet de Bord : Étape n° 12

Sur une nouvelle page de votre carnet de bord, écrivez le titre :
Étape n° 12 : Anticipation des questions d'orientation.
À l'aide de cette fiche, reprenez les différents types de questions prévisibles, et inscrivez quelques idées qui peuvent y répondre.
Ajoutez-y des questions qui peuvent découler du discours que vous avez conçu autour de votre projet d'orientation en lien avec la question du Grand oral.

Au-delà de l'épreuve

Savoir parler de soi est une qualité importante dans plusieurs contextes, plus ou moins formels. Dans un entretien d'embauche, vous serez toujours invité à **vous présenter**. Cette présentation doit être concise, proposer des détails utiles, et parfois originaux, mais dans tous les cas soigneusement sélectionnés.

La **pudeur** doit être mise de côté, de même qu'une trop grande **prolixité** ! Ne pas trop se mettre en avant, mais s'assumer entièrement, tel est l'équilibre à atteindre lorsque l'on parle de soi.

→ Barack Obama et le récit personnel

L'ancien président des États-Unis (2009-2017), Barack Obama, s'appuie souvent sur des anecdotes de sa vie pour illustrer un propos général. La force du récit donne vie aux idées qu'il défend. Surtout, son implication personnelle légitime les mesures proposées. Prenons parmi tant d'exemples son discours de campagne pour les élections présidentielles du 28 août 2008 à Denver, dans lequel il revient sur sa volonté de réformer le système de santé américain. Il aborde cette entrée majeure de son programme par le récit de la maladie de sa mère : « En tant que témoin de ma propre mère, qui négociait avec les compagnies d'assurances alors qu'elle était en train de mourir du cancer, je m'assurerai que ces compagnies cessent de discriminer les personnes malades et qui ont le plus besoin de protection sociale. »
Lors de l'épreuve, mais surtout au-delà, il faut considérer que sa propre vie peut constituer un atout majeur pour évoquer un sujet général. Évidemment, les anecdotes personnelles ne construisent pas une argumentation, mais l'agrémentent ou l'enrichissent considérablement quand elles sont bien narrées.

✗ À éviter coûte que coûte

- Oublier la question traitée dans les deux étapes précédentes.
- Oublier soit la poursuite d'études soit les perspectives professionnelles.
- Tomber dans des considérations trop personnelles.
- Insister sur ses faiblesses ou ses lacunes.
- Dévoiler des anecdotes familiales ou amicales sans qu'elles ne servent directement votre discours.
- S'éloigner de son projet d'orientation.
- Refuser de répondre à une question.
- Être fuyant et confus.
- Se contredire dans ses réponses.
- S'étendre dans des détails personnels trop précis.

Exercice

Des projets d'orientation efficaces ?

Parmi les notes de ces trois projets d'orientation, lesquels vous semblent pertinentes et efficaces ?

Projet 1

Question : Quel rôle la communauté internationale a-t-elle joué dans la chute des Khmers rouges au Cambodge en 1979 ? (HGGSP)

Temple d'Angkor Vat.

- Spécialités choisies : HGGSP et SES.
- Poursuite d'études : études de sciences politiques et d'histoire à l'université ou dans un institut d'études politiques. Spécialisation dans la diplomatie et les relations internationales, en particulier en Asie du Sud-Est. Dans l'idéal, plus tard : tenter le concours de l'École nationale d'administration, puis celui de conseiller des Affaires étrangères, très exigeants.
- Projets professionnels : diplomatie ou recherche en relations internationales.
- Lien avec la question : la réflexion tout comme le projet d'orientation portent sur les relations internationales.

Projet 2

Question : Quelles ont été les contributions à la science de l'épopée de Thomas Pesquet dans l'espace de novembre 2016 à juin 2017 ? (physique-chimie)

- Spécialités choisies : physique-chimie et HGGSP.
- Poursuite d'études : études d'astronomie.
- Projets professionnels : devenir un astronaute ou un astrophysicien.
- Lien avec la question : Thomas Pesquet est un astronaute.
- Autres remarques personnelles : passionné depuis tout petit par les planètes, l'espace, le système solaire et l'histoire des technologies spatiales.

Thomas Pesquet.

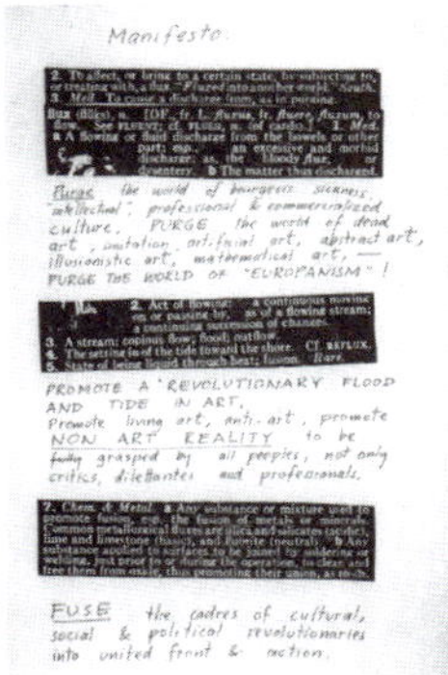

Le manifeste Fluxus.

Projet 3

Question : Le mouvement artistique Fluxus a-t-il pour intérêt principal de ne pas pouvoir être défini ? (histoire des arts)

- Spécialités choisies : histoire des arts et SVT.
- Projet de poursuite d'études : BTS de géologie appliquée, puis éventuellement poursuite d'études en école d'ingénieur en géologie.
- Projets professionnels : plusieurs domaines en géologie, avec une hésitation entre une géologie de terrain et une géologie de recherche. Pour l'instant, plutôt une volonté de collecter des matériaux et de les analyser en laboratoire.
Lien avec la question : pas de lien direct entre les deux matières, mais les interrogations sur le beau en art, et notamment à travers la remise en question de cette notion esthétique par le Fluxus, ont remis en perspective la passion de l'élève pour la géologie. Son rapport à la Terre, sa structure, ses paysages, est lié à la beauté qu'il en perçoit, mais ne s'y réduit pas.
- Autres remarques personnelles : a abandonné la spécialité physique-chimie en première, après de longues hésitations.

Corrigé

Projet 1 : Le projet d'orientation est entièrement en phase avec les spécialités choisies et le sujet traité. Il s'agit là d'un exemple réussi de concordance entre la question et l'orientation envisagée. Évidemment, le candidat doit être capable de développer tout ce qu'il propose, et donc répondre à des questions spécifiques (sur l'ENA, par exemple, et sur le Cambodge).

Projet 2 : Dans l'ensemble, ce projet d'orientation est trop vague. La poursuite d'études n'est pas fixée. Le candidat souhaite-t-il intégrer une classe préparatoire, ou entrer à l'université ? Quelle filière précise vise-t-il ? Son objectif très ambitieux paraît irréalisable s'il n'a pas les idées claires sur son orientation. Il peut donner l'impression d'avoir proposé un tel projet professionnel pour coller artificiellement à sa question. Enfin, ses spécialités physique-chimie et HGGSP en terminale ne semblent pas optimales pour ce type d'études. Il aurait au moins pu préciser – si tel est le cas – qu'il suit encore le cours de mathématiques complémentaires.

Projet 3 : Ce projet témoigne d'un grand enthousiasme pour la géologie. Et l'éloignement de sa question avec cette passion et avec ses projets de poursuite d'études ne constitue absolument pas un handicap. Bien au contraire, l'élève semble bien montrer à quel point ses perspectives futures se sont enrichies de son travail pour l'oral. Le projet d'orientation est mûr, avec des idées et des alternatives précises.

L'EXPRESSION ORALE

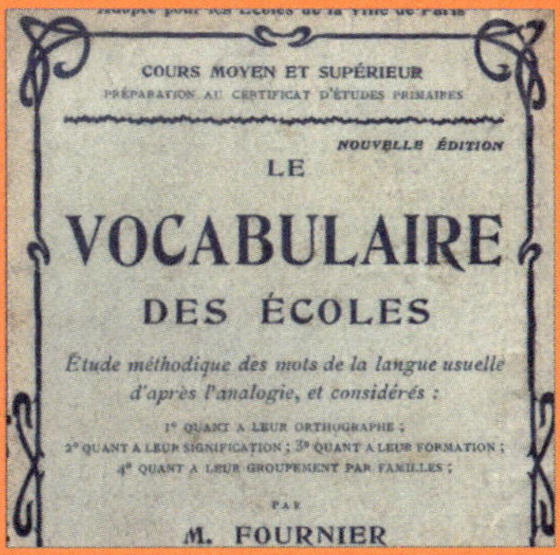

Le style oral

Après la structuration de l'exposé, et l'anticipation du contenu des questions posées, arrive la phase de rédaction. Rédiger, c'est choisir des mots et formuler des phrases. Par ces choix, le propos gagne à être à la fois clair, précis et élégant. En dépend le plaisir que l'auditoire éprouve à écouter l'orateur.

Le style (*elocutio*)

Cette étape de préparation du discours est celle du **style** (*elocutio*, en latin), selon l'*Institution oratoire* de Quintilien. Ce dernier fait bien la distinction entre le **vocabulaire** (les mots « pris isolément ») et la **syntaxe** (les mots « joints ensemble »). Or, isolément, les mots doivent être « clairs, élégants, et appropriés à ce que nous voulons exprimer » et, joints ensemble, ils doivent être « corrects, bien placés et figurés ». Quintilien définit précisément ce qu'il entend par ces différents adjectifs en fonction de la situation d'énonciation et du contexte. Il sera surtout question ici du vocabulaire et de la syntaxe dans le cadre d'un examen tel que le Grand oral.

Trouver le ton juste

Toute interaction requiert l'emploi du **juste ton**. Certaines situations proscrivent un niveau de langue **familier**, comme un oral d'examen par exemple. Et en même temps, un niveau de langue **trop soutenu** est malvenu dans la plupart des situations ! Il dénoterait une certaine hauteur, parfois ridicule.

Il faut également distinguer **expression écrite** et **expression orale**. Si l'on ne doit pas écrire comme on parle, l'inverse est aussi vrai. Un discours élégant et fluide ne reprend pas les mêmes codes qu'un article ou un essai. Vous devez donc bien employer un langage oral, sans pour autant qu'il soit relâché. Un travail de fond est donc souhaitable pour que vous réussissiez à trouver les mots et les formulations justes quelle que soit la question posée.

Éliminer les tics de langage

Tout tic de langage finit par se repérer et peut agacer. Sur un temps de vingt minutes, il est très facile de répéter cinquante fois le même mot ou la même expression.

Carnet de bord : Étape n° 13

Sur un sujet d'actualité pris au hasard, présentez à votre famille (à table) ou à des amis votre point de vue, le plus structuré possible. Demandez-leur de vous signaler tout tic de langage ou formulation peu adaptée soit à la situation soit au sujet. Notez-les dans votre carnet de bord (**Étape n° 13 : Mes tics de langage**) et essayez de penser à des moyens de les substituer. Votre mission désormais est de vous astreindre à ne plus du tout l'utiliser, même dans de simples conversations entre amis.

Ne pas atténuer son propos

Évitez de trop utiliser les adverbes : « assez », « plutôt », « un peu », « peut-être », « probablement », « sûrement », « sans doute ». Tout en étant nuancés, vos propos doivent cependant être **assertifs** : vous affirmez des faits, ou avancez des hypothèses.

Éliminer l'inessentiel

Lorsque vous vous entraînez, demandez-vous toujours ce que vous pourriez éliminer afin que votre propos soit plus affûté. Tout ce qui n'apporte pas une précision importante peut être **éliminé**. Et il s'agit souvent **d'adjectifs** ou **d'adverbes**. On peut par exemple éliminer au moins trois adjectifs de l'énumération suivante : « Cette statue est somptueuse, sublime, merveilleuse et fabuleuse. »

Le jargon

Lors de l'épreuve, vous allez évoquer des concepts techniques, que vous avez rencontrés dans vos recherches. Essayez de ne pas multiplier les termes de **jargon**, et, si vous le faites, n'hésitez pas à revenir régulièrement aux définitions des termes. Vous avez en face de vous un spécialiste du domaine large, mais pas forcément du sujet précis.

→ La règle du neveu de douze ans

L'expert en communication politique Florian Silnicki (https://www.lafrenchcom.fr/) conseille aux spécialistes d'un sujet précis et technique de s'exprimer face à un auditoire de non-spécialistes comme avec leur neveu de douze ans. Ils ne seront pas tentés d'être trop simplistes – il a tout de même douze ans ! – et en même temps ils élimineront tout jargon susceptible d'obscurcir leur propos. Pour ce qui est de l'épreuve, il s'agit de trouver un équilibre entre précision scientifique et vulgarisation – dans les termes employés, le raisonnement, les sous-entendus.

Comment savoir si l'on ne simplifie pas trop son propos dans l'exposé ou les étapes suivantes, préparées en amont ? Vos professeurs référents sauront vous le dire.

Une syntaxe claire, précise et variée

La **simplicité** et la **clarté** l'emportent toujours sur le raffinement et l'élégance. Votre priorité est de bien faire comprendre votre raisonnement et vos idées. Pour ce faire, privilégiez les **phrases courtes**. Si vous êtes très à l'aise vous pouvez allonger certaines phrases, mais entrecoupez-les toujours de moments plus **concis** et **percutants**.

À l'oral, l'unité de la phrase s'entend par les **pauses** que vous prenez : **courtes** (virgules) ou **longues** (points ou points-virgules). Marquez-les bien.

En général, suivez la règle suivante : **une phrase par idée**.

Par ailleurs, un discours agréable **varie les types de phrases**. En plus de phrases affirmatives classiques, agrémentez donc vos prises de parole de **questions**, de **phrases nominales**, et, si le sujet s'y prête, **d'exclamations** et **d'injonctions**.

Nicolas Boileau.

➔ « Chant I » de l'*Art poétique* de Nicolas Boileau (1674)

« Ce que l'on conçoit bien, s'énonce clairement
Et les mots pour le dire arrivent aisément. »

Ces deux vers très connus de l'écrivain Nicolas Boileau soulignent la parenté entre la rigueur de la pensée et la manière de la formuler. Faites vôtre cette maxime, quand vous rédigez vos discours, et quand vous vous entraînez à répondre à des questions.

Sujet-verbe-complément

La structure classique de vos phrases affirmatives suit **l'ordre « sujet-verbe-complément »**. Au moins une phrase sur deux doit être construite ainsi. À titre d'exemple, comparons ces deux paragraphes :

Paragraphe 1 : « Le 17 septembre 1793, au cœur de la période de la Terreur, caractérisée par de nombreuses exactions dont la guillotine symbolise l'innommable cruauté, le général Beysser, battu par les Vendéens à Montaigu, au cours d'une bataille de tirailleurs marquée par les intempéries, est arrêté par le gouvernement et incarcéré, deux semaines plus tard, à la prison de l'Abbaye, avant d'être jugé sommairement et exécuté le 13 avril 1794. »

Paragraphe 2 : « La période de la Terreur en France s'est caractérisée par de nombreuses exactions. La guillotine en symbolise l'innommable cruauté. Dans ce contexte, le général Beysser est battu par les Vendéens lors de la bataille de Montaigu le 17 septembre 1793. Celle-ci s'est résumée à un combat de tirailleurs marqué par les intempéries. En conséquence, le général est arrêté par le gouvernement. Deux semaines plus tard, il est incarcéré à la prison de l'Abbaye. Après un procès sommaire, il meurt exécuté le 13 avril 1794. »

Analyse

Le paragraphe 1 est composé **d'une seule longue phrase**, sans que les idées soient hiérarchisées. Les nombreuses **propositions circonstancielles et appositions** alourdissent de détails le cœur du propos. Il faut attendre longtemps avant de trouver le groupe verbal.

Au contraire, le paragraphe 2 comporte surtout des **phrases affirmatives simples**, qui suivent la structure « sujet-verbe-complément ». Elles sont presque toutes reliées par des **connecteurs logiques** : « en », « ce », « celle-ci », « en conséquence », « plus tard ». Seule la dernière phrase n'en contient pas. Mais justement, la progression du raisonnement est tellement claire que l'on peut en faire l'économie.

Cet exemple schématique a surtout pour vocation de montrer que les phrases affirmatives simples, bien articulées, sont gages de clarté. Bien sûr, vous pouvez vous permettre plus de **souplesse**, et intégrer des phrases plus complexes ici et là !

Réorganiser sa phrase

Pour varier sa syntaxe et éviter les répétitions de structures, vous pouvez **réorganiser** certaines phrases. Les exemples sont innombrables. En voici un :

- « Les changements de stratégie ne sont pas toujours bénéfiques. »
- « Changer de stratégie n'est pas toujours bénéfique. »
- « Il n'est pas toujours bénéfique de changer de stratégie. »

Les modalités expressives

Dans le cadre de l'épreuve, vous aurez l'occasion d'utiliser les modalités expressives ponctuellement. La question que vous traitez dans l'exposé constitue déjà une vraie question. À celle-là s'ajoutent :

Les questions rhétoriques

Dans votre premier discours, par exemple, vous pouvez employer une ou deux **questions rhétoriques**. Celles-ci sont de fausses questions, car elles appellent soit une réponse évidente, soit une réponse impossible. Elles rendent le moment du discours expressif et créent un lien avec l'auditoire.

Ainsi, au lieu d'affirmer : « La physique quantique est un champ de recherche captivant » ; vous pouvez vous interroger : « La physique quantique n'est-elle pas un champ de recherche captivant ? » Ce type de question rhétorique s'identifie souvent par sa tournure **négative** (comme dans la locution-phrase « n'est-ce pas ? »).

Certains enchaînements de questions rhétoriques engendrent une sorte de **dialogue virtuel**. Prenons : « Les hétérocéphales, ou rats-taupes glabres, paraissent repoussants. Est-ce une raison pour les éradiquer ? Ils dévastent certaines cultures dans des pays d'Afrique de l'Est, comme la Tanzanie. Mais n'ont-ils pas des vertus qui rendent intéressante l'étude de leur comportement ? »

Comme pour tout trait stylistique, il convient de **ne pas en abuser**. Sur un discours de quelques minutes, limitez-vous à deux questions rhétoriques maximum.

➔ Les questions rhétoriques chez Victor Hugo

Dans son discours à l'Assemblée nationale législative le 9 juillet 1849 (« Détruire la misère »), Victor Hugo interpelle ses confrères députés dans ses premières phrases :
« La misère, Messieurs, j'aborde ici le vif de la question, voulez-vous savoir où elle en est, la misère ? Voulez-vous savoir jusqu'où elle peut aller, jusqu'où elle va, je ne dis pas en Irlande, je ne dis pas au Moyen Âge, je dis en France, je dis à Paris, et au temps où nous vivons ? Voulez-vous des faits ? »
Peu importe si les députés répondent « oui » ou « non », Victor Hugo leur exposera les faits. Ces questions rhétoriques colorent son discours d'une forte tonalité polémique, et contribuent à la vivacité de son engagement.

Les phrases nominales

Les **phrases nominales**, sans verbe conjugué, produisent un effet d'insistance sur leur groupe nominal. Comparons les deux paragraphes suivants :

Paragraphe 1 : « Comme n'importe quel marché, le marché monétaire fonctionne sur le principe de l'offre et de la demande. De même que sur le marché de la pastèque, des stylos Bic ou du gazon synthétique, plus la demande est élevée, plus le prix augmente, de même, plus la demande de monnaie fiduciaire est élevée, plus son prix augmente. »

Paragraphe 2 : « Le marché monétaire fonctionne sur le principe de l'offre et de la demande. **Comme n'importe quel marché**. Plus la demande de monnaie fiduciaire est élevée, plus son prix augmente. **De même que sur le marché de la pastèque, des stylos Bic ou du gazon synthétique**. »

Le deuxième paragraphe est rendu percutant par les deux phrases nominales. À l'oral, ils sont perceptibles par la pause forte aux points.

Les injonctions

Les discours se prêtent parfois à l'utilisation **d'injonctions**, en particulier lorsqu'est utilisé le registre polémique. L'orateur interpelle à l'impératif soit son auditoire, soit une tierce personne. Les hommes politiques ont fréquemment recours à ces injonctions. Les discours d'oraux académiques peuvent les intégrer modérément. Voici quelques exemples d'emplois judicieux :

- « Les recherches de l'océanographe Harald Sverdrup ont transformé radicalement la vision des courants océaniques. **Prenons** (ou **Prenez**) sa théorie de circulation des océans, celle-ci est considérée comme inédite. »
- « **Ayons** l'honnêteté de ne pas négliger les conséquences écologiques des déchets nucléaires. »
- « **Imaginons** un cas de figure hypothétique où le ressentiment irait de pair avec la gratitude. »

La **première personne du pluriel** est la plus pertinente pour ces impératifs, même si la **deuxième** peut parfois être envisagée. Dans tous les cas, ne mettez pas ces injonctions au service de **causes discutables**, avec lesquelles votre jury pourrait ne pas être d'accord.

Les tournures exclamatives

Les phrases exclamatives se perçoivent à l'oral par une intonation ascendante, et par des adverbes ou adjectifs exclamatifs. Elles peuvent être bienvenues, comme dans :

- « Bien qu'il ait eu d'extraordinaires intuitions, presque personne n'avait entendu parler de lui ! »
- « **Quelle** question épineuse que celle de l'absence d'intrigue dans le roman contemporain ! » (adjectif exclamatif)
- « Très surprenant, ce phénomène ! » (phrase nominale exclamative)

Les rythmes

La construction des phrases affirmatives leur donne un certain **rythme**. Par exemple, les **énumérations** deviennent incisives, en les organisant intelligemment.

Les groupes nominaux ou adjectifs peuvent être listés par deux, en **rythme binaire** : « Gorilles de plaines de l'Ouest et cercopithèques pogonias, bongos et sitatungas, hyènes et servals, tous les mammifères du parc national d'Odzala-Kokoua au Congo offrent des particularités remarquables. » Dans cette phrase les noms d'animaux procèdent par deux, et sont regroupés par catégories d'espèces.

Les **rythmes ternaires** (en trois temps) confèrent une dimension solennelle à l'énumération : « L'art baroque offre plusieurs traits hautement caractéristiques. Les émotions véhiculées relèvent davantage de la passion, de l'ardeur et de la fureur, que du calme, de la réflexion et de la lucidité. Quant aux techniques, les artistes baroques ont recours aux couleurs chaudes, aux contrastes et au clair-obscur. »

Ces trois énumérations ternaires embellissent les phrases par un équilibre harmonieux.

Outre ces deux tours, la syntaxe peut pousser les jeux de rythmes encore plus loin par :

- les **parallélismes**, où une structure est répétée, avec des termes différents : « Nos comportements sont définis par notre capital social. Nos goûts sont conditionnés par notre capital culturel. »
- les **anaphores**, où les mêmes termes commencent chaque phrase ou proposition : « L'ironie amuse, l'ironie distrait, l'ironie blesse. »

Dominique de Villepin.

→ La période rhétorique

Une période rhétorique est une phrase assez longue, qui comporte une montée (protase), laquelle culmine éventuellement en un sommet (acmé), pour se résoudre en une descente (apodose) et se conclut parfois en une clausule. La protase expose un problème, un enjeu, une situation, une tension, et l'apodose le désamorce, l'éclaircit et le traite. Les périodes bien équilibrées sont la marque des grands orateurs, comme Cicéron. Voici un exemple de période employée par Dominique de Villepin, lors de son intervention à l'Organisation des Nations Unies contre la guerre en Irak, le 14 février 2003 : « *À ceux qui se demandent avec angoisse quand et comment nous allons céder à <u>la guerre</u>,* **je voudrais dire que rien, à aucun moment, au sein de ce Conseil de sécurité, ne sera le fait de la précipitation, de l'incompréhension, de la suspicion ou de <u>la peur</u>.** » En italique figure la protase, et en gras l'apodose. Sont soulignés l'acmé et la clausule.

Les temps verbaux

Autant que possible, exprimez-vous au **présent de l'indicatif**, à valeur de vérité générale (« L'empathie est un sentiment humain. »).

Si vous vous référez à des faits passés, employez le **passé composé** à valeur de narration (« Il a mangé une salade. ») ou d'exposition de fait (« Valéry Giscard d'Estaing a remporté les élections présidentielles de 1974 »), ou encore **l'imparfait** de description (« Elle était généreuse. ») ou d'action continue (« L'épidémie battait son plein. »).

N'utilisez le **conditionnel** que si vous avez une réelle hypothèse à avancer : « Le sensationnalisme des médias serait la cause de l'appauvrissement intellectuel d'une certaine frange de la population. » Il faut alors préciser la source.

Quant au **futur**, il est dévolu aux évènements à venir à partir d'aujourd'hui : « La population mondiale ne cessera pas de croître de sitôt. »

✖ À éviter coûte que coûte :

- Penser que l'échange aura lieu sur un ton plus relâché que l'exposé.
- Négliger la construction des phrases.
- Utiliser un seul schéma de phrase pour tout son discours.
- Les tics de langage.
- Attention ! Il faut dire :
  - → « Le sujet duquel je vous parle » et non « Le sujet que je vous parle. »
  - → « En quoi le gorille est-il un animal féroce ? » et non « En quoi le gorille est un animal féroce ? »
  - → « Nous nous demanderons en quoi le gorille est un animal féroce. » et non « Nous nous demanderons en quoi le gorille est-il un animal féroce ? »

Qualité de la prise de parole en continu

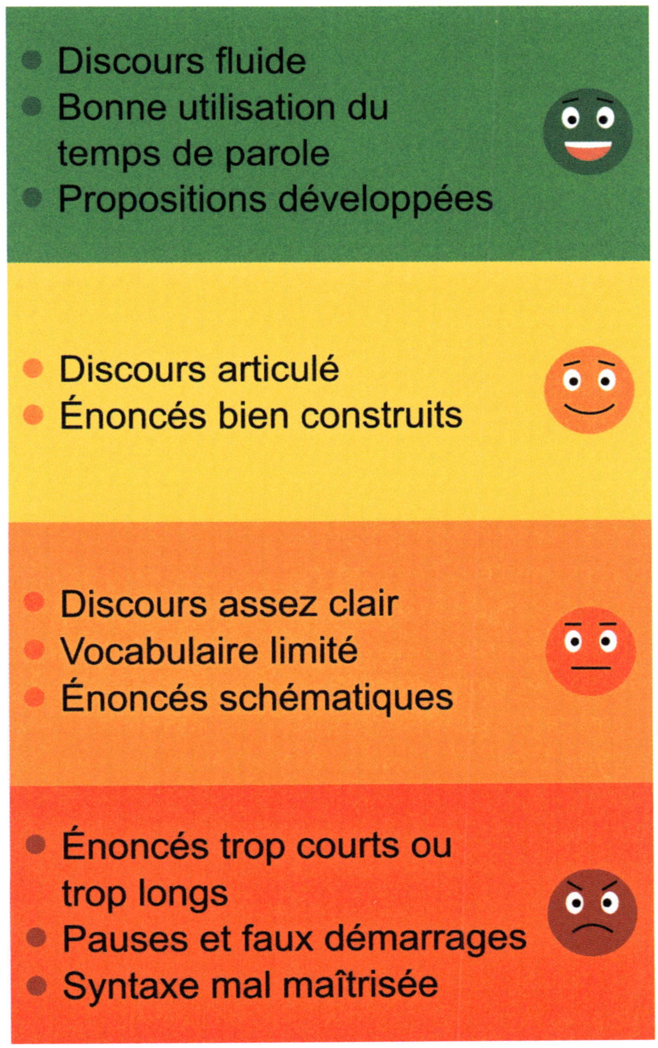

Conseils de vocabulaire

Qu'est-ce qu'un lexique ?

Notre lexique est composé de **mots qu'on emploie**, de mots que l'on connaît **sans jamais les employer** et de mots que l'on **comprend** sans pouvoir en donner le sens exact. L'enrichissement de son lexique comporte donc trois phases :

- **l'appropriation** de termes que l'on ne connaissait pas auparavant ;
- **l'emploi courant et fréquent** de termes soutenus ;
- la connaissance précise du **sens** de termes déjà entendus.

La préparation de vos questions vous a conduit à rencontrer plusieurs **termes techniques**. Mais au-delà de ceux-ci, il est conseillé d'entreprendre d'enrichir votre vocabulaire général, qui vous servira bien au-delà de l'épreuve et du baccalauréat.

La règle générale à suivre est d'être toujours **le plus précis** possible. « Guilleret » n'est pas le strict équivalent de « joyeux ». N'est pas forcément « exaspéré » quelqu'un qui ressent de « l'amertume ». Un homme « maigre » n'est pas « mince ».

Les répétitions

Évitez autant que possible les **répétitions**. Les **pronoms personnels de troisième personne** sont d'un bon secours : « Les atomes sont les plus petites parties d'un corps simple. **Ils** peuvent se combiner chimiquement entre **eux**. »

Les synonymes permettent aussi à un texte d'être moins redondant : « Le conducteur a pris le **virage** à **toute vitesse** avant de finir dans le mur. Le **tournant** était trop serré pour pouvoir le négocier correctement à **cette allure**. »

En réalité, vous allez surtout employer des **parasynonymes** (des termes qui sont presque synonymes) à cette fin : « L'**euphémisme** permet d'atténuer l'expression d'une idée terrible. Cette **figure de style** est souvent utilisée dans l'expression de condoléances. » Les euphémismes appartiennent à la catégorie des figures de style. Avec l'emploi du déterminant démonstratif et du parasynonyme, l'enchaînement des deux phrases est rendu plus fluide qu'en répétant le terme « euphémisme ».

Certains termes génériques peuvent ainsi être employés comme parasynonymes dans beaucoup de situations différentes : « phénomène », « événement », « situation », « contexte », « période », « effet »…

Pour autant, certaines répétitions sont **essentielles**. Par exemple, si votre discours porte sur les mouvements sociaux, il est normal que les termes « manifestation » et « grève » apparaissent souvent.

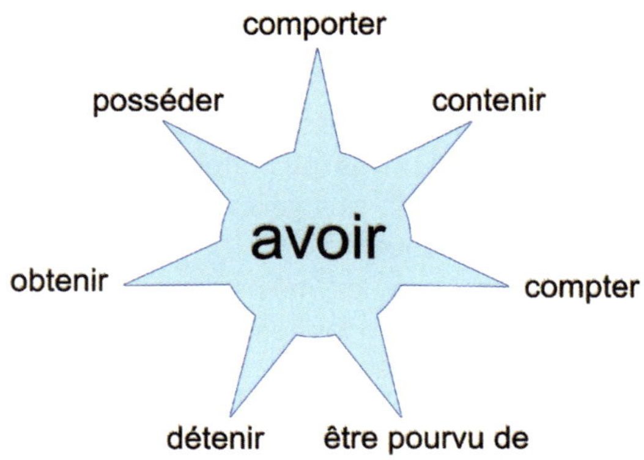

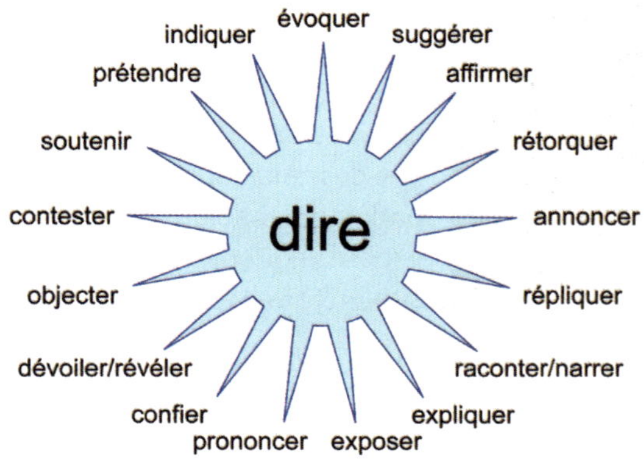

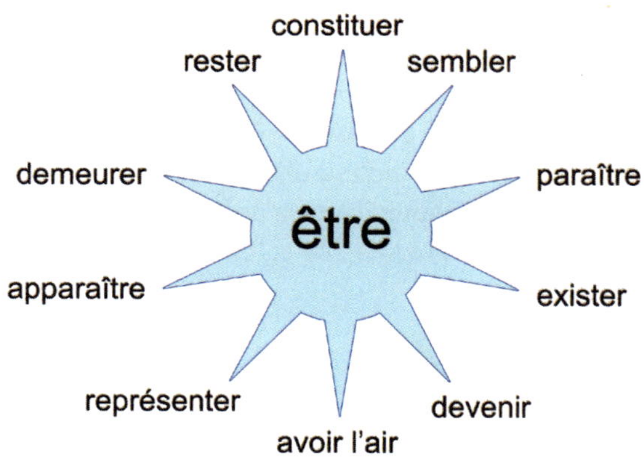

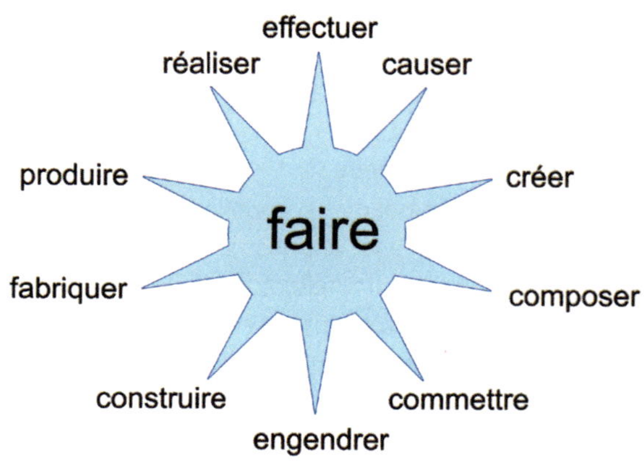

Substitutions

Par souci d'élégance, et surtout de précision, certains verbes courants peuvent être substitués. Voici quelques exemples loin d'être exhaustifs.

La réussite de votre substitution dépend de votre sens de la **nuance**. Aucun de ces termes n'est strictement synonyme des autres dans l'absolu. Des verbes absents de ces listes sont même plus adaptés. Par exemple : « Il a fait des remontrances à son employé » peut devenir « Il a adressé des remontrances à son employé ».

Ne cherchez pas non plus à éliminer coûte que coûte tous ces termes. Parfois, il vaut mieux les utiliser pour éviter qu'une phrase sonne faux ou empruntée. Par ailleurs, les verbes « être » et « avoir » comme **auxiliaires** sont inévitables. Ne considérez pas que vous avez trop répété ces verbes s'ils apparaissent seulement en tant qu'auxiliaires.

Les locutions verbales « **c'est** » et « **il y a** », passe-partout, gagnent à être éliminées. « Il y a une anomalie dans ces chiffres » peut être formulé ainsi : « Ces chiffres comportent une anomalie ». Ou encore : « Il y a un lapin qui court dans ce tableau » est plus fluide ainsi : « Un lapin court dans ce tableau ».

Enfin, évitez d'employer les termes : « ça », (et même « cela »), « chose ». Il existera toujours un terme plus approprié. Très souvent, la solution pour éviter les répétitions ou les formulations stéréotypées reste la **précision**.

Connecteurs logiques

Les **connecteurs logiques** font partie du vocabulaire indispensable à intégrer dans votre discours et même dans certaines réponses.

Attention à ne pas en abuser non plus, surtout à l'oral. Certains de ces connecteurs logiques sont **plus adaptés à l'écrit**, comme « en outre », « néanmoins », « au demeurant », « en définitive ». Dans la pratique, **un** connecteur logique **toutes les quatre phrases** suffit à l'oral.

Le reste du temps, la logique transparaît de l'enchaînement de vos idées, de synonymes et de l'emploi de **déterminants démonstratifs** : « ce », « cette », « ces », auxquels peuvent s'ajouter les particules **« -ci »** et **« -là »**. Par exemple : « La neurofibromatose est une maladie génétique rare. Cette maladie-là engendre une formation de kystes sur tout le corps. »

Les **pronoms démonstratifs** fonctionnent aussi souvent : « celui-ci », « celui-là », « ces derniers », et toutes leurs déclinaisons.

Liste de connecteurs logiques

Addition	Et, De plus, Puis, En outre, Non seulement… mais encore…
But	Afin que, De peur que, De façon à ce que, Pour que, En vue de
Cause	Car, Puisque, En effet, En raison de, Effectivement, Vu que, Comme, Étant donné que, Dans la mesure où, Par, Grâce à, Parce que
Comparaison	Comme, De même, Si… que, Moins que, De même que, Non moins que, Ainsi que, Aussi… que, Selon que, Autant que, Plus que, Comme si
Concession	Malgré, Quel que soit, Évidemment, En dépit de, Même si, Il est vrai que, Quoique, Ce n'est pas que, Toutefois, Bien que, Certes/ Bien sûr, Alors que
Conclusion	En conclusion, Ainsi, Finalement, Pour conclure, Donc, Enfin, En guise de conclusion, En résumé, En définitive, En somme, En un mot
Condition, supposition	Si, En admettant que, Dans le cas où, Au cas où, Pour peu que, Probablement, À condition que, Sans doute, Pourvu que, En supposant que, À moins que, Dans l'hypothèse où
Conséquence	Donc, Si bien que, De sorte que, Aussi, D'où, En conséquence, Alors, Par conséquent, Ainsi, C'est pourquoi, Si bien que
Classification, énumération	D'abord, En deuxième lieu, En troisième lieu, Tout d'abord, Deuxièmement, Puis, En premier lieu, Après, En dernier lieu, Premièrement, Ensuite, De plus, Enfin, Quant à
Explication	À savoir, C'est-à-dire, Soit
Illustration	Par exemple, C'est ainsi que, Entre autres, Comme, C'est le cas de, En particulier, Ainsi, Notamment
Opposition	Mais, Pourtant, Pour sa part, Cependant, Au lieu de, D'un autre côté, Or, Tandis que, En dépit de, En revanche, Néanmoins, Malgré Alors que, au contraire
Restriction	Ne… que, Sauf, En dehors de, Excepté, Uniquement, Hormis, Mis à part, Simplement
Temps	Quand, Après que, Depuis que, Lorsque, Alors que, Comme, Dès lors que, Pendant que, Avant que, Tandis que

Les modalisateurs

Dans votre chemin vers la précision figurent les modalisateurs, à utiliser intelligemment. Ceux-ci distinguent ce qui est certain de ce qui est **probable**, **souhaitable** ou **douteux**.

Pour exprimer ces nuances, on peut avoir recours à des **tournures impersonnelles avec adjectifs** (« il est certain que », « il est probable que »), des **adverbes** (« indéniablement », « assurément », « sans doute », « éventuellement »), au **conditionnel** (« Elle aurait pris la route de Clermont-Ferrand. ») ou simplement **l'intonation**.

➔ Et les figures de style ?

À la frontière entre le vocabulaire et la syntaxe, certaines figures de style enrichissent considérablement un discours :

La **comparaison** : rapprochement entre deux termes avec un outil de comparaison. Ex : « Un papillon, c'est **comme** une marguerite qui vole. »

La **métaphore** : rapprochement entre deux termes sans un outil de comparaison. Ex : « Un papillon, c'est une marguerite qui vole. »

L'hyperbole : exagération. Ex : « Mille soucis le tracassent en ce moment. »

L'euphémisme : atténuer la vérité. Ex : « Il a disparu il y a trois ans. »

La **litote** : dire moins (ou nier l'inverse) pour suggérer plus. Ex : « Nous ne sommes pas peu fiers de toi ! »

Au-delà de l'épreuve

Un vocabulaire riche améliore la capacité à **se faire comprendre**, à **exprimer** des idées et émotions précises et à se sentir **à l'aise** dans une multitude de contextes. Surtout, il fait la différence lors d'entretiens d'embauche, de conversations formelles et, de façon générale, dans la **première impression** que l'on produit.

Essayez donc d'assimiler de nouveaux mots chaque jour, et d'employer des mots auxquels vous ne songiez pas jusqu'alors. Trois mots par semaine suffisent pour progresser !

Ci-dessous figure une liste de mots soutenus et polyvalents. Aucun d'entre eux n'est véritablement technique. Vous pouvez donc vous en servir dans une multitude de contextes. Un seul sens est précisé à chaque fois, mais il peut en exister d'autres.

➔ Liste de vocabulaire soutenu

Verbes

Abhorrer : détester très fortement.
Faire **accroire** qqch à qqn : faire croire ce qui n'est pas vrai.
Admonester : faire un reproche sévère à qqn.
Annihiler : réduire à néant.
S'astreindre à : se forcer à.
Corroborer : valider scientifiquement une hypothèse.
Désavouer : renier.
Se dédire : renoncer, abandonner, se désengager.
Éconduire : rejeter.
Fustiger : critiquer très sévèrement.
Parer à : remédier à.

Substantifs

Acception (n.f.) : signification d'un mot.
Acmé (n.f.) : point culminant.
Allégation (n.f.) : affirmation mal fondée, mensongère.
Analepse (n.f.) : figure de style, flash-back en littérature.
Anomie (n.f.) : absence de normes ou d'organisation stable.
Apologie (n.f.) : défense publique de quelqu'un ou de quelque chose.
Carcan (n.m.) : contrainte très forte, qui emprisonne.
Déliquescence (n.f.) : décomposition, ruine, dégradation.
Dichotomie (n.f.) : différence radicale entre deux camps.
Dissension (n.f.) : désaccord.
Grief (n.m.) : sujet de reproche grave.
Panacée (n.f.) : remède efficace universel.
Occurrence (n.f.) : événement, cas, donnée, apparition.
Sinécure (n.f.) : situation de tout repos ; emploi payé sans rien faire.
Truchement (n.m.) : intermédiaire.

Adjectifs

Irréfragable : qui ne peut pas être discuté, remis en question.
Biaisé : subjectif, faussé à cause d'un intérêt personnel.
Dithyrambique : très élogieux.
Factice : faux.
Opaque : qui n'est pas transparent.
Fastidieux : ennuyant, lassant.
Édulcoré : affaibli, atténué.
Exacerbé : intense, aigu, fort.
Exhaustif : qui comporte tout.
Inextinguible : qui ne peut pas être éteint.
Lapidaire : qui frappe de manière percutante et précise, comme un jet de pierre.
Limpide : très clair.
Nébuleux : pas clair, obscur comme les nuages.

Adverbes

Pléthore de : beaucoup de.
Indubitablement : sans aucun doute.
Promptement : sans tarder, rapidement.
Subrepticement : de façon discrète et furtive.
Bon an mal an (expr.) : en moyenne sur la durée.

✘ À éviter coûte que coûte

- Se répéter inutilement.
- Employer un terme général ou courant quand un terme nuancé et précis convient.
- Oublier les connecteurs logiques.
- Employer un terme à mauvais escient.

Exercices

Carnet de bord

Dans votre carnet de bord, prenez une nouvelle page intitulée : **Étape n° 14 : Rédaction des exposés des questions**. À partir de toutes les parties précédentes, rédigez un premier jet, en veillant bien à ce que la longueur ne dépasse pas cinq minutes de parole, en parlant lentement. Après avoir fait les exercices ci-dessous, vous pourrez ensuite finaliser vos discours grâce à l'exercice 7.

Exercice 1 Les détails inutiles

Ces trois textes ont été écrits par des candidats en guise de début d'introduction.

Éliminez les détails qui vous semblent inutiles, ou du moins peu efficaces.

1. La forêt rayonnante, lumineuse et brillante d'Amazonie, n'est pas aussi sauvage et hostile qu'on ne le croit. Toutes les espèces animales ne sont pas agressives. Tous les insectes ne piquent pas. Tous les serpents ne sont pas venimeux. Tous les poissons ne sont pas des piranhas. Non, des mammifères tout à fait pacifiques, calmes et placides vivent en toute tranquillité, perchés en hamacs dans les arbres : les paresseux à gorge brune, ou *Bradypus variegatus*, dont nous allons parler.

2. Les macromolécules constituent un sujet de recherche essentiel en biologie. Dans des domaines aussi variés que l'étude des virus, des matériaux, ou de l'alimentation, l'analyse de ces très grandes molécules conduit à des progrès considérables. Par exemple, le perfectionnement des coulis de ciment, dans leur fabrication, leur solidité et leur temps de séchage est dû à l'étude de celles-ci. Nous nous pencherons particulièrement sur le rôle qu'a joué le chimiste allemand Hermann Staudiger, en 1922, lorsqu'il a introduit cette notion.

3. La tragédie classique se caractérise notamment par l'*hybris* des personnages tragiques. Cette notion grecque, traduite le plus souvent par « démesure », se définit par un sentiment violent, inspiré des passions, et en particulier de l'orgueil. Les tragédies de Jean Racine, comme *Andromaque*, *Phèdre*, *Iphigénie*, *Bajazet*, *Britannicus*, *Bérénice*, mettent en scène des héros empreints d'*hybris*. Et c'est sur la double énonciation chez le personnage de Thésée dans *Phèdre*, héros empreint d'*hybris*, que se concentrera notre propos.

Exercice 2 Réécriture

1. Découpez cette longue phrase en plusieurs phrases simples affirmatives.
2. Transformez votre propre texte en y incluant deux questions rhétoriques et deux phrases nominales.

Bien qu'elle ne soit plus autant plébiscitée qu'à une certaine époque, aussi bien par le symbole qu'elle renvoie et par son utilité, l'automobile occupe encore en 2020 une place centrale dans la vie quotidienne de très nombreux ménages ruraux, qui ne peuvent s'en passer pour leurs trajets professionnels, mais aussi pour partir en vacances, le recours à d'autres moyens de transport imposant des contraintes strictes, comme les horaires de train, d'avion ou encore des délais d'attente dans les diverses correspondances, qui sont toujours moins confortables que dans l'univers intime que constitue une voiture.

Exercice 3 Un paragraphe rythmé

Choisissez une des trois séries d'idées suivantes. Effectuez quelques recherches d'exemples ou d'illustrations sur Internet et construisez un paragraphe de dix lignes en introduisant des rythmes binaires en parallélismes et des rythmes ternaires.

Série 1 :
Idée 1 : Diplomate, une vocation.
Idée 2 : La diplomatie, une profession de compromis.
Idée 3 : Des régions du monde périlleuses.
Idée 4 : Des relations tendues entre certains pays.

Série 2 :
Idée 1 : Les grands mathématiciens du XIXe siècle.
Idée 2 : L'apport des mathématiques aux autres sciences.
Idée 3 : La réflexion abstraite contre la réflexion concrète.
Idée 4 : La géométrie riemannienne.

Série 3 :
Idée 1 : Le mouvement rococo au XVIIIe siècle.
Idée 2 : L'apport de Fragonard.
Idée 3 : Tableau : *Le Verrou*.
Idée 4 : Entre continuité et rupture avec le baroque.

Exercice 4 Substitutions

Substituez les verbes « être », « avoir », « faire », « dire » de ce paragraphe.

Marcel Mauss est un des plus grands anthropologues de l'histoire. Il a notamment fait des études approfondies des dons que se faisaient certains peuples. Dans sa célèbre théorie, il dit que les dons sont toujours associés à un contre-don. Il a eu la reconnaissance et le respect de nombreux intellectuels. On dit souvent de lui qu'il est le « père de l'anthropologie française ».

Exercice 5 Fluidité, élégance et précision

Réécrivez ce texte avec plus de fluidité, d'élégance et de précision.

Philip Astley est le père du cirque moderne, parce qu'il en a organisé la première représentation à Londres le 7 avril 1768. Il avait beaucoup voyagé aux États-Unis et cela lui a inspiré d'organiser des spectacles de ce genre. Tout d'abord, il avait fait des spectacles équestres, avec des chevaux et des acrobates. Il a édifié la première piste circulaire. Il est à l'origine de ce concept. Son but, c'était de pouvoir tenir les chevaux depuis le centre, à l'aide d'une sorte de corde, laquelle on appelle la chambrière. C'est sa longueur qui a d'ailleurs défini la longueur internationale. Mais il faudra attendre 1819 pour qu'Henri Martin expose le domptage d'animaux sauvages au sein des spectacles de cirque. C'est à cette date que l'on peut dire que la création du cirque moderne dans toute sa variété est née.

Exercice 6 Enrichissement lexical de l'exposé

À partir d'une de vos questions, écrivez un paragraphe de vingt lignes en empruntant un maximum de termes de la liste de vocabulaire de la page 74. Vous pouvez les intégrer dans les textes rédigés finaux.

Exercice 7 Travail du style de l'exposé

À partir des réponses à vos questions rédigées, vérifiez :

1. Que deux phrases sur trois sont affirmatives, courtes, claires et simples.
2. Que deux phrases sur trois comportent un connecteur logique.
3. Qu'une phrase sur quatre soit particulièrement originale et élégante : question simple, question rhétorique, phrase nominale, rythme particulier, période…
4. Que le vocabulaire soit riche et varié : registre soutenu mais oral, termes techniques, emploi de synonymes…
5. Que les modalisateurs soient adaptés au discours.

Exercice 8 L'exorde d'un éloge funèbre de Bossuet

Lisez cet exorde d'un discours du grand orateur du XVIIe siècle Bossuet.

Également connu sous le titre d'Oraison funèbre du Grand Condé, cet éloge à la mémoire de Louis II de Bourbon-Condé (1621-1686), cousin de Louis XIV, fut prononcé par Bossuet le 2 mars 1687 en la cathédrale Notre-Dame de Paris. Louis XIV lui fait faire des obsèques royales et charge personnellement Bossuet de prononcer son éloge. Cet extrait constitue le début de l'exorde de l'oraison.

« Monseigneur,

Au moment que j'ouvre la bouche pour célébrer la gloire immortelle de Louis de Bourbon, prince de Condé, je me sens également confondu, et par la grandeur du sujet, et, s'il m'est permis de l'avouer, par l'inutilité du travail. Quelle partie du monde habitable n'a pas ouï les victoires du prince de Condé, et les merveilles de sa vie ? [...] Nous ne pouvons rien, faibles orateurs, pour la gloire des âmes extraordinaires : le Sage a raison de dire que leurs seules actions les peuvent louer ; toute autre louange languit auprès des grands noms ; et la seule simplicité d'un récit fidèle pourrait soutenir la gloire du prince de Condé. Mais en attendant que l'histoire, qui doit ce récit aux siècles futurs, le fasse paraître, il faut satisfaire comme nous pourrons à la reconnaissance publique et aux ordres du plus grand de tous les rois. Que ne doit point le royaume à un prince qui a honoré la maison de France, tout le nom français, son siècle, et pour ainsi dire l'humanité tout entière ? »

En quoi le style de cet exorde est-il particulièrement marquant ? (Prêtez attention aux procédés et, notamment aux périodes.)

Jacques-Bénigne Bossuet.

Corrigés

Exercice 1

1. Le candidat perd beaucoup de temps dans les énumérations d'adjectifs aux sens très proches. Il pourrait choisir entre « rayonnante, lumineuse et brillante », « sauvage et hostile », « pacifiques, calmes et placides » et « en toute tranquillité ».

2. Cette entrée en matière est efficace. Elle ne pèche par aucune redondance et pare à l'essentiel. Rien ne semble devoir être éliminé. Sans l'exemple des coulis de ciment, son amorce serait trop courte et abrupte.

3. Le manque d'efficacité de ce texte se perçoit plus subtilement que le premier. Les détails inutiles alourdissent le propos et égarent l'auditeur. Il vaut mieux isoler deux ou trois pièces de Racine que d'en énumérer autant. De plus, le sujet, qui est la double énonciation, n'a pas de lien clair avec la notion d'*hybris*. Surtout, le candidat n'établit pas le lien. Enfin, la reprise exacte de « héros empreint d'*hybris* » manque de fluidité.

Exercice 2

1. L'automobile n'est plus autant plébiscitée qu'à une certaine époque. Le symbole qu'elle renvoie et son utilité se sont édulcorés. Pour autant, l'automobile occupe encore en 2020 une place centrale dans la vie quotidienne de très nombreux ménages ruraux. Ils ne peuvent s'en passer pour leurs trajets professionnels. De même, ils en ont besoin pour partir en vacances. Ces ménages sont en effet réticents à se soumettre à des contraintes strictes. Les horaires de train et d'avion en sont des exemples représentatifs. En outre, les délais d'attente entre les diverses correspondances peuvent être pénibles. Du moins, ils sont toujours moins confortables que dans l'univers intime que constitue une voiture.

2. L'automobile n'est plus autant plébiscitée qu'à une certaine époque. **Le symbole qu'elle renvoie et son utilité ne se sont-ils pas édulcorés ?** Pour autant, l'automobile occupe encore en 2020 une place centrale dans la vie quotidienne de très nombreux ménages ruraux. **Utilisation indispensable pour les trajets professionnels. Départs en vacances plus agréables**. Ces ménages sont en effet réticents à se soumettre à des contraintes strictes. Les horaires de train et d'avion en sont des exemples représentatifs. En outre, les délais d'attente entre les diverses correspondances peuvent être pénibles. **De toute façon, quoi de plus confortable que l'univers intime que constitue une voiture ?**

Analyse : Le découpage en phrases affirmatives simples ne peut se faire que grâce à l'ajout de connecteurs logiques (« pour autant », « en », « de même », « ces », « en outre », « du moins »), de verbes (« se sont édulcorés », « se soumettre »), de pronoms personnels (« elle », « ils ») et autres. Cet exercice ne doit pas vous faire perdre de vue qu'une phrase longue, équilibrée, bien construite, par exemple sous la forme d'une période, est bienvenue quand elle est entourée d'autres phrases concises, claires et percutantes.

Exercice 3

Série 1

Une véritable vocation que celle de diplomate ! **Agile dans les conversations, habile dans les négociations, subtil dans les réflexions,** il est un homme de compromis. Certaines régions périlleuses ne lui rendent pourtant pas la tâche facile. **Tensions, heurts et conflits** marquent le quotidien de pays, dont **l'instabilité politique, la précarité économique, et les lacunes juridiques** compliquent la mission des ambassadeurs étrangers.

Série 2

Nombreux sont les grands mathématiciens du XIXe siècle, comme **Gauss, Galois ou Cayley**. Leurs travaux fondamentaux ont contribué, **plus ou moins directement, plus ou moins consciemment**, à des avancées remarquables de diverses sciences : **la physique, la biologie, ou l'économie**. Si les progrès de la recherche mathématique sont souvent abstraits, ils finissent souvent par rejaillir sur des applications concrètes. En témoigne la contribution de Bernhard Riemann, qui a introduit les concepts de **variété géométrique, de courbure, ou de fonction zêta.**

Série 3

Le mouvement rococo, né au XVIIIe siècle, touche principalement **l'architecture, la sculpture et la peinture**. Jean-Honoré Fragonard en est un des représentants les plus caractéristiques. Son tableau *Le Verrou* condense **le génie du dessin, l'audace du thème et la perfection de la composition**. Si l'on décrit parfois le rococo comme une nuance du mouvement baroque, ce tableau en révèle cependant toute l'autonomie.

Exercice 4

Marcel Mauss **figure** parmi les plus grands anthropologues de l'histoire. Il a notamment **conduit** des études approfondies sur les dons que **s'octroyaient** certains peuples. Dans sa célèbre théorie, il **affirme** que les dons sont toujours associés à un contre-don. Il a **obtenu** la reconnaissance et le respect de nombreux intellectuels. Il est souvent **qualifié** de « père de l'anthropologie française ».

Exercice 5

Philip Astley est considéré comme le père du cirque moderne. En effet, le spectacle qu'il a organisé à Londres le 7 avril 1768 en a introduit deux aspects essentiels : les cheveux et les acrobaties. Astley s'était inspiré de certains spectacles aux États-Unis d'Amérique, où il a beaucoup voyagé. Mais sa véritable innovation réside dans la conception, sous son égide, d'une piste circulaire, emblématique du cirque moderne. Le principe consiste à tenir les chevaux depuis le centre de la piste à l'aide d'une chambrière pour guider leurs déplacements. Si cette contribution fut majeure, on peut néanmoins estimer que le cirque moderne naît véritablement avec l'intégration du domptage d'animaux sauvages. Henri Martin en fut à l'origine en 1819.

Exercice 8

Le contexte : Bossuet (1627-1707) est l'un des plus grands orateurs de langue française. L'évêque, que l'on a surnommé « l'aigle de Meaux » pour sa virtuosité, était très demandé par le roi, la Cour, et les milieux aristocratiques, afin de prononcer des discours saisissants en des occasions solennelles. Il est notamment connu pour avoir proféré de remarquables oraisons funèbres lors de la mort de personnes prestigieuses.

Une *captatio benevolentiae* : Dans le début de l'exorde cette oraison, la *captatio benevolentiae* passe par l'autodénigrement feint de Bossuet. Il se minimise lui-même afin que ressorte, par contraste, la grandeur du défunt, et surtout du roi. Le groupe nominal « l'inutilité du travail » surprend l'auditoire et attise sa curiosité.

Superlatifs et hyperboles : De nombreux superlatifs et hyperboles parsèment ce début d'exorde. Certes, un oral peut comporter quelques hyperboles, mais d'autres contextes s'y prêtent mieux. Quand on exprime son enthousiasme, il est bienvenu d'utiliser des hyperboles, très communicatives. Inversement, elles servent à la réaction à un drame. Deux questions rhétoriques viennent renforcer une telle emphase.

Des périodes : Les phrases d'une certaine longueur sont construites en périodes.

« Au moment que... inutilité du travail. » La protase crée une tension et une attente jusqu'à son acmé « Prince de Condé », qui est le thème principal de la phrase, mais aussi du discours. L'apodose, elle, résout progressivement cette attente, à partir de « je me sens confondu », jusqu'à la clausule percutante : « l'inutilité du travail ». Cette clausule décuple l'effet du chleuasme.

« Mais en attendant... du plus grand des rois. » Toujours une montée notable de la protase jusqu'à l'acmé « paraître », et une résolution dans l'apodose jusqu'à une clausule percutante qui met en exergue le superlatif destiné à encenser le Roi.

L'ATTITUDE À ADOPTER PENDANT L'ORAL

La voix et le corps

Au-delà du contenu votre prestation, l'oral est une performance. Il vous reste donc à savoir comment vous comporter lors de l'épreuve. Sans être un acteur chevronné, quelques règles simples sont à suivre, non seulement pour renvoyer une image positive de vous-même, mais surtout pour vous mettre à l'aise. L'oral mobilise des compétences très variées, mettant en jeu la voix, la posture, le regard, les gestes et l'expression du visage. Si la solidité du raisonnement et la clarté du propos sont essentielles, l'expressivité, le langage corporel, la mémoire et la gestion du stress couronnent la performance. Ne vous focalisez pas sur l'image que vous véhiculez. Il est impossible de la maîtriser complètement, même si quelques réglages peuvent être opérés. Soyez convaincus que les auditeurs jugent surtout la présentation du cœur de votre propos que votre simple personne. Restez donc naturel.

La voix

Chacun dispose de sa propre voix, fluette ou grave, sonore ou inaudible. Vous ne la changerez pas avant l'oral. Mais le premier paramètre sur lequel vous pouvez jouer, c'est le volume. Votre jury se situera à une distance rapprochée : ne parlez donc ni trop fort ni trop bas. Entraînez-vous à vous adresser à votre entourage, et évaluez le niveau d'effort auquel vous devrez consentir dans un sens comme dans un autre.

Ce volume, vous pouvez aussi le **varier** au cours d'un discours ou d'une réponse. Vous ne vous mettrez ni à hurler, ni à marmonner, mais vous pouvez **hausser le ton** pour insister sur certains mots. Ce procédé est particulièrement valable lors d'une phrase exclamative. Si vous souhaitez introduire une connivence ou une parenthèse, vous pouvez aussi **baisser le ton**.

→ Jean Abitbol, *L'Odyssée de la voix* (2004)
Le phoniatre Jean Abitbol dévoile la complexité et la richesse de la voix humaine. Loin d'être un simple instrument de parole, chaque voix, unique, construit une passerelle entre corps et pensée, entre les autres et soi. Dans cet essai, Abitbol revient sur des considérations médicales sur les cordes vocales, la mue, les enrouements ou les soins. Mais il explore aussi l'usage extraordinaire qu'en font les chanteurs de génie, ou encore les avocats, les hommes politiques et les journalistes. Si le candidat du baccalauréat n'a pas besoin de cultiver une voix aussi exceptionnelle, il sera curieux de constater à quel point l'appareil vocal est puissant techniquement mais aussi symboliquement.

La respiration

La voix est intimement liée à la **respiration**, puisqu'elle provient de l'air qui fait vibrer les cordes vocales. Si vous sentez que le trac s'empare de votre voix, pensez donc à inspirer et expirer profondément et lentement. En plus d'oxygéner le cerveau, la respiration permet de réguler le ton et le débit. Votre jury a besoin de moments de pause pour assimiler votre propos.

Laissez **2 secondes** entre chaque phrase, et **4 secondes** entre chaque partie de votre prise de parole. Ce **débit** permet aussi une écoute confortable. Pour un oral de 5 minutes, vous ne pouvez pas vous permettre plus.

Une **respiration profonde** juste avant de parler accroît ses capacités d'élocution ainsi que la force de conviction.

Respirez **par le ventre** et non par le thorax. Pour ce faire, vous pouvez faire quotidiennement cet exercice :

Placez une main sur le ventre et prenez une bonne **inspiration** en comptant jusqu'à 5 pour qu'il soit bien gonflé. **Expirez** ensuite en comptant jusqu'à 10. Seul votre ventre doit bouger.

La **respiration ventrale** se travaille en amont pour pouvoir l'appliquer le jour de l'oral.

→ Stéphane de Freitas

Dans son essai *Porter sa voix* (2018), le réalisateur Stéphane de Freitas constate : « La voix vient […] habiller le discours. C'est pour cela qu'il est si important de la maîtriser. Il ne s'agit pas de la dénaturer : elle doit rester authentique. Pourtant, s'exercer jour après jour à une gymnastique vocale permet de développer une flexibilité dans l'intonation […]. Bien maîtriser sa voix implique une bonne connaissance de sa respiration. L'air des poumons donne le souffle aux mots. Pourtant, dans le cadre de la prise de parole en public, on néglige trop souvent l'importance de la respiration, notamment de la respiration abdominale. »

Le corps

Pour ce qui est de la posture, tenez-vous **droit**, bien **stable** sur vos deux pieds à plat au sol. Commencez votre discours ainsi, et vous pouvez ensuite vous permettre quelques pas, toujours en **regardant** bien votre jury, en passant régulièrement de l'un à l'autre des examinateurs. Par le regard, vous affichez votre **présence** et votre **charisme**. Évitez donc le plafond et le sol…

Quand vous vous asseyez, mettez-vous **sur la moitié avant de la chaise**. Redressez-vous et posez légèrement les avant-bras sur la table, afin de vous donner toute liberté pour bouger les mains. Vos pieds sont encore posés à plat sur le sol. Ne croisez pas les jambes, ne les étendez pas et ne les placez pas sous votre chaise.

Les gestes

Que faire **de ses mains** ? Dans les poches, bras croisés, dans le dos, sur les hanches, le long du corps, contre un support ?

La première partie de l'épreuve ayant lieu debout, et les deux autres parties assises (si l'on souhaite), la question des mains doit être anticipée. D'autant que vous n'aurez aucun objet auquel vous rattacher.

Debout, **laissez tomber** vos épaules et vos bras, en résistant à la tentation des faux gestes inutiles. Inconsciemment, ils s'animeront et appuieront votre propos. Astreignez-vous surtout à faire des gestes souples et fluides, **au-dessus de la taille**. Ne les forcez surtout pas. **Assis**, posez vos mains **à plat** sur la table.

Exécutez de préférence des gestes à **connotation positive**. Certains gestes, comme le poing fermé ou la main sur le cœur sont classiques dans les discours politiques ou engagés. Dans le cadre de l'épreuve, ayez plutôt recours aux mains actives, **les doigts écartés**, ou au **doigt pointé en l'air**, et au **pouce et index joints**, tous trois **à valeur explicative**. Plus spécifiquement quand vous êtes assis et que vous écoutez, posez vos mains à plat ou **joignez-les**, les coudes sur la table.

Évitez les **gestes de compensation**, comme les mains dans les cheveux, sur le visage, à remonter vos lunettes, qui n'étaient pas tombées, ou à vous gratter sans démangeaison. Par ailleurs, **se toucher le corps** et mettre **sa main devant la bouche** traduisent un manque de confiance en soi ; **les bras ou les doigts croisés** trahissent le stress de l'orateur ; **se tenir la tête**, c'est avouer les difficultés rencontrées.

→ *La Rhétorique à Hérennius* (– 85 av. J.-C.).

La Rhétorique à Hérennius.

Ce texte anonyme est le plus ancien traité de rhétorique latin. Outre les enseignements théoriques complets qu'il prodigue aux orateurs, il accorde une grande importance au travail du corps. « On appelle mouvements du corps le geste et une certaine composition du visage qui s'accordent avec ce que l'on dit, et donnent au discours plus d'autorité. Il faut donc qu'il y ait dans la physionomie de la décence et de la force, et que le geste ne se fasse remarquer ni par trop d'élégance, ni par trop d'abandon. » Tout est une question d'équilibre, comme pour n'importe quel discours, et notamment celui de l'oral. Il faut se montrer déterminé et convaincant, mais aussi modeste et élégant.

Les expressions du visage

Souriez ! Et ce, même si le jury ne répond que modérément (ou pas) à vos sourires. Soyez le plus **communicatif** possible en affichant un **visage ouvert**. Vous pouvez alterner les phases où vous expliquez simplement et ponctuer certaines idées par un sourire.

Votre sourire doit sembler **naturel**. Entraînez-vous face à un miroir. Souriez lors de **l'expiration**, et non lors de l'inspiration, faute de quoi vous auriez l'air crispé.

Lors de votre entretien, ayez **l'air concentré** sur les questions de votre jury. Vous serez forcément concentré. Mais ayez-en bien **l'air** ! N'accentuez pas non plus votre air sérieux : il doit sembler lui aussi naturel.

Hochez la tête de temps en temps, et modérément, pour montrer que vous avez bien compris la remarque ou la question. Si jamais vous n'avez pas saisi une nuance, ou une question entière, **froncez légèrement les sourcils**, mais sans avoir l'air agressif ! Encore une fois, le miroir est votre ami pour vous entraîner.

→ Giacomo Rizzolati et les neurones miroirs

Les neurones miroirs agissent aussi bien quand un individu en face de nous exécute une action que quand nous exécutons nous-mêmes une action. Le cas le plus connu est celui du bâillement. On bâille simplement parce que quelqu'un d'autre bâille. Plus précisément, l'effet que l'on ressent en bâillant est le même qu'en regardant quelqu'un bâiller.

Dans les années 1990, le neuroscientifique Giacomo Rizzolati et son équipe les ont tout d'abord identifiés chez le singe macaque rhésus, et chez certains oiseaux. Ces neurones réagissent identiquement à leur propre chant qu'au chant d'un congénère. L'existence d'un « système de neurones miroirs » chez les êtres humains a, quant à elle, été prouvée en avril 2010, par imagerie cérébrale fonctionnelle.

Or, le sourire fait partie des neurones miroirs classiques. Sourire et regarder quelqu'un sourire activeraient certains neurones identiques selon les circonstances. Une telle dynamique vous sera forcément bénéfique si vous souriez.

Les déplacements

Une **surface limitée** s'offre à vous lors de l'épreuve. Vous n'aurez donc pas une possibilité infinie de déplacements. Mais exploitez tout de même votre espace.

En réalité, lors de votre exposé de cinq minutes, vous allez surtout **piétiner**, un peu en avant, un peu en arrière, un peu sur les côtés, de trois pas maximum à chaque déplacement. Mais se déplacer, ce n'est pas s'agiter. Les quelques pas que vous effectuez doivent être **souples, légers et maîtrisés**.

Ne commencez pas à vous déplacer dès le début de votre discours. Attendez de l'avoir lancé de façon convaincante et, au bout de **trente secondes**, vous pouvez esquisser vos premiers pas. Par la suite, pour ponctuer une idée importante, vous pouvez faire **deux pas en avant**.

Ne vous sentez toutefois pas obligé de vous déplacer ! Un oral statique, mais avec une gestuelle maîtrisée peut être parfaitement réussi.

✖ À éviter coûte que coûte

- Oublier de respirer.
- Parler trop fort ou pas assez fort.
- Parler trop vite ou trop lentement.
- Manifester une trop grande confiance en soi ou un manque de confiance en soi.
- Effectuer des gestes empruntés ou irréfléchis.
- Regarder ailleurs que dans les yeux du jury.
- Ne pas sourire.
- Avoir des expressions du visage inadéquates ou exagérées.

Qualité de l'expression orale

La mémoire

La mémoire revêt une importance majeure pour l'épreuve, puisque vous vous exprimerez sans notes lors de l'exposé. Vous pouvez donc apprendre votre texte par cœur. Même s'il vaut mieux ne pas tomber dans la simple récitation, ce sera le plus rassurant pour vous dans le feu de l'action. Vous pourrez aussi apprendre par cœur vos deux courts discours sur le projet d'orientation, de la même manière que ceux de l'exposé de la question. En revanche, vous ne préparerez que les idées des réponses aux questions prévisibles de l'échange.

Le par cœur

Apprendre un texte par cœur est une question de **technique**. En mettant en place certaines astuces, chacun en est capable. Il s'agit d'envisager cette mémorisation comme un **défi**. Il existe un certain nombre d'astuces. Trouvez celles qui vous conviennent le mieux.

Cette étape vous permet enfin de vous **approprier** le texte, et de le modifier à la marge quand vous sentez que telle phrase ou telle idée sonnent moins bien que prévu.

La structure de l'exposé

À ce stade, vous avez déjà entièrement rédigé votre discours.

Carnet de bord

Utilisez une nouvelle page, intitulée : **Étape n° 15 : Structure de l'exposé**. Reprenez la structure de votre exposé et mettez-la au clair, de la façon suivante :

Introduction :
- Idée n° 1 (accroche).
- Idée n° 2 (problématisation).
- Question.
- Annonce plan.

I) Exposé des enjeux.
- Présentation partie.
- Idée n° 1.
- Exemple n° 1.
- Idée n° 2.
- Exemple n° 2.

II) Analyse / argumentation des enjeux.
- Présentation partie.
- Idée n° 1.
- Exemple n° 1.
- Idée n° 2.
- Exemple n° 2.

Conclusion :
- Idée récapitulative.
- Idée d'ouverture.

Vous devez connaître parfaitement cette structure avant de vous mettre dans l'apprentissage par cœur proprement dit. Celle-ci est indicative, et peut évidemment varier selon les choix que vous avez faits. Mais dans tous les cas, vous devez isoler idées majeures et exemples importants.

→ La mémoire selon saint Augustin

Dans ses *Confessions* (écrites entre 397 et 401), le philosophe et théologien chrétien saint Augustin a recours à la métaphore des « vastes palais » de sa mémoire, ou encore à « l'immense galerie de [sa] mémoire » (livre 10) : « Là, demeurent toutes nos pensées, qui augmentent, diminuent ou changent ces épargnes thésaurisées par nos sens ; et enfin tout dépôt, toute réserve, que le gouffre de l'oubli n'a pas encore enseveli. » Il met en évidence à la fois le lien de la mémoire avec les sens, et ses miracles mystérieux. Selon lui, ce que nous retenons est lié à ce que nous avons perçu : « je sais par quel sens chaque impression est entrée ». Tirez profit de cette idée pour l'apprentissage des différentes parties de votre oral. Trouvez le sens qui vous convient le mieux pour assimiler vos textes. Visualisez-les, réécrivez-les, réécoutez-les après enregistrement, et répétez l'action après avoir trouvé votre moyen de prédilection.

Botticelli, *Saint Augustin dans son cabinet de travail*, 1480.

Réécriture du texte

C'est l'une des techniques les plus répandues : **réécrire** encore et encore le texte. Des études ont démontré qu'il fallait le faire avec un stylo bleu. Soyez **actif** dans votre réécriture. Si vous l'effectuez comme une tâche automatique, vous aurez beau réécrire votre texte cent fois, vous ne vous en souviendrez pas tellement plus.

Réfléchissez donc à ce que vous écrivez, et essayez, à chaque nouvelle réécriture, **d'anticiper sans lire ce que vous allez écrire**. Si cette technique vous correspond vraiment, vous devriez être capable de retranscrire tout votre texte de tête, au bout d'un moment.

Dans un sens, puis dans l'autre

Lors des premières sessions d'apprentissage, vous suivrez l'ordre de votre texte. Assez rapidement, cependant, procédez **à rebours** : commencez par vous remémorer précisément votre conclusion, puis votre deuxième partie, puis votre première, puis votre introduction. Les trous ne doivent survenir nulle part. Pas question donc de privilégier la première moitié de votre exposé, au détriment de la deuxième.

De même, dans une phase avancée de votre apprentissage, remémorez-vous les phrases de vos parties **dans le sens inverse** : dernière phrase en premier et ainsi de suite. Ne le faites qu'après avoir déjà bien assimilé vos textes, au risque sinon de vous emmêler les pinceaux.

Les moyens mnémotechniques

Un moyen mnémotechnique est une astuce qui vous permet de mémoriser une phrase, ou une liste de mots, avec moins de risques de l'oublier. Le terme est issu du grec « mnêmê », qui signifie « la mémoire ». Pour retenir vos textes, vous serez conduit à inventer vos moyens mnémotechniques personnels, en fonction du contenu de ceux-ci.

Sachez surtout que vous pouvez vous aider : des images, des acronymes ou acrostiches (séries d'initiales), des rimes, des codes, des phrases, des associations, des objets, des événements de votre vie, des dates.

Le feedback mental

La technique du *feedback mental* a prouvé son efficacité. Son principe est très simple. À des moments ordinaires de votre journée, remémorez-vous le plus précisément ce que vous êtes censé retenir. Récitez mentalement des passages de votre texte. Assurez-vous que vous le maîtrisez parfaitement.

Dans les transports en commun, quand vous marchez, sous la douche, que vous êtes dans l'ascenseur ou que vous montez vos escaliers, **repensez en détail** aux textes que vous avez préparés. Si vous séchez sur un passage, reprenez votre carnet de bord et clarifiez l'incertitude.

Déclamer son texte

Vous arrivez à retranscrire votre texte, ou à vous le formuler mentalement. Maintenant, vous devez vous entraîner à le dire à haute voix, en gagnant toujours plus en **fluidité**. Prendre son temps pour se remémorer son texte, ce n'est pas encore l'exprimer à voix haute, à l'attention d'un public.

Exercez-vous face à un miroir, devant vos proches, encore et encore, jusqu'à ne buter sur aucun passage de vos exposés. Quand vous réussirez à varier les contextes de déclamation, à le dire en suivant un rythme expressif et convaincant, alors vous serez fin prêt !

La mémoire, une toile

Sébastien Martinez, champion de France de la mémoire, conçoit la mémoire davantage comme une **toile** que comme un récipient. Selon lui, la mémoire à court terme est certes un vase que l'on remplit, mais pas celle à long terme, qui est plutôt une toile qui s'étoffe à mesure que l'on se rafraîchit la mémoire.

Pour l'épreuve, vous avez tout intérêt à tisser une toile, c'est-à-dire à commencer à vous approprier votre texte **plusieurs semaines en amont**. Votre maîtrise en sera plus grande, et, le jour J, vous limiterez considérablement le stress par rapport à quelqu'un qui se sera contenté de tout apprendre par cœur la veille ou l'avant-veille. En vous rafraîchissant régulièrement la mémoire, un sentiment de familiarité avec vos textes vous mettra à l'aise.

→ La technique du minuteur Pomodoro

Le développeur informatique Francesco Cirillo a mis au point la technique du minuteur Pomodoro dans les années 1980. Selon cette technique, des pauses à des intervalles réguliers prévus en amont favoriseraient le travail intellectuel, et donc l'apprentissage. Pour ce faire, il faut décomposer son travail en tâches de 25 minutes. À chaque tâche accomplie, on s'accorde une pause de 5 minutes. Toutes les quatre tâches, on prend une pause un peu plus longue, de 15 ou 20 minutes.

En utilisant un minuteur de cuisine, le tic-tac rythme le travail et permet, en théorie, de rester concentré jusqu'à ce qu'il sonne. Si les techniques ci-dessus ne vous permettent pas de maîtriser pleinement vos textes, essayez donc celle-ci !

✗ À éviter coûte que coûte

- Négliger la mémorisation par cœur.
- Se contenter d'une remémoration lente et écrite.
- Se décourager rapidement.
- S'y prendre au dernier moment.

L'appréhension

Tout le monde éprouve du trac au moment d'une performance orale. Chanteurs, hommes politiques, professeurs en ressentent forcément avant leur prise de parole, surtout si elle comporte un certain enjeu. Il convient d'en faire une force. Il est courant de parler de stress positif, qui nous rend efficaces, éveillés, déterminés. Sachez donc distinguer le stress qui vous mobilise et celui qui vous décontenance.

Sentiments des plus habiles peintres sur la pratique de la peinture et sculpture, 1696.

Gérer son trac

Aucune méthode universelle ne permet d'inhiber le trac. Chacun doit trouver la solution adaptée à sa personnalité. Cependant, la **visualisation positive** a fait ses preuves. À intervalles réguliers avant votre oral, imaginez-vous que la prestation se déroulera parfaitement, dans ses moindres détails. Détendu, allongé sur votre lit, vous vous voyez vous exprimer calmement et clairement au jury. Au fur et à mesure que l'échéance se rapproche, vous pouvez visualiser la scène avec encore plus de détails. Votre seule exigence dans cet effort d'imagination : le **succès** de votre prestation. Normalement, vous **ressentirez** du trac pendant cet exercice. À force de le répéter, vous vous y habituerez et vous l'apprivoiserez !

La timidité

Vous souffrez d'une **timidité maladive**. L'épreuve vous paraît donc insurmontable. Mais en réalité, il y a très peu de chances que votre timidité soit pathologique. Surtout à l'adolescence, elle est une étape que vous traversez. On surmonte **naturellement** une telle inhibition à mesure que l'on prend confiance en soi.

Dans le cadre de l'épreuve, votre meilleure ressource, au moment où vous vous exprimez, est de vous **détacher de l'image que vous pensez renvoyer** de vous-même. Il est essentiel de rester focaliser sur la situation, et de tenir compte de l'attitude du jury, notamment dans l'échange. Vous communiquez avec des interlocuteurs. Mais vous ne devez pas constamment vous demander ce que les examinateurs pensent de vous.

La timidité conduit à **éviter** certaines situations. Mais on ne peut se dérober à toutes. Votre stratégie est de **vous exposer** petit à petit, de surmonter vos difficultés pas à pas, en sortant de plus en plus de **votre zone de confort**. Osez prendre la parole dans des situations où vous étiez inhibé. Vous n'allez pas forcément devenir la personne la plus extravertie du monde, mais vous gagnerez en aisance.

→ Hans Selye, *Le Stress de la vie* (1956)

Hans Selye.

L'endocrinologue Hans Selye est à l'origine de la notion de **stress**, si répandue aujourd'hui. Il définit le stress comme l'ensemble des moyens physiologiques et psychologiques mis en œuvre par une personne pour s'adapter à un événement donné. Dans son essai *Le Stress de la vie*, il décrit les ressorts du « syndrome d'adaptation », en réaction à un événement brutal inhabituel. Il comporte trois phases : la phase d'alarme, de réaction et d'épuisement. Selon le chercheur, ces trois phases constituent un « bon stress » quand elles se cantonnent à une vigilance accrue. Elles se muent en « mauvais stress » quand elles passent à un niveau de sur-vigilance. Quand vous passez votre oral, appréhendez donc votre stress comme positif, puisqu'il décuple votre concentration et votre détermination. Ne le laissez pas vous déborder.

→ Démosthène et le bégaiement

Démosthène pratiquant l'art oratoire
par Jean-Jules-Antoine Lecomte du Nouÿ.

L'un des plus grands orateurs et logographes de l'histoire, Démosthène, qui vécut en Grèce au IVe siècle av. J.-C., souffrait de bégaiement et d'une voix faible. Pour surmonter ces difficultés, il s'entraîna à déclamer des discours avec des galets dans la bouche et face aux vagues d'une mer déchaînée. L'articulation et la respiration modifiées par les objets lui permettaient de ne plus buter sur les mots. La nécessité de couvrir le vacarme de la mer l'entraînait à hausser le ton.
Si vous souffrez de bégaiement, et que vous souhaitez employer ces techniques, attention à ne pas avaler les galets ! Sachez surtout qu'un aménagement de votre épreuve est possible. Un orthophoniste peut vous aider à surmonter cette difficulté. Dans tous les cas, le jury ne vous en tiendra évidemment pas rigueur. La durée de l'épreuve sera suffisamment rallongée afin que vous puissiez exprimer toutes vos idées.

✘ À éviter coûte que coûte

- Être tétanisé par son stress.
- Rejeter le trac.
- Négliger le trac du jour J.

Que faire de son support de préparation ?

Dans la note de service du Bulletin officiel du 27 juillet 2021, une modification non négligeable est apportée à une des modalités du Grand oral : elle concerne le support, que le candidat rédige lors de la préparation et dont il peut disposer. A-t-il pour autant vraiment intérêt à utiliser ce qui peut apparaître comme un parachute en cas de défaillance ?

Les vingt minutes de préparation

Le candidat dispose de vingt minutes de préparation, au cours desquelles il peut se remémorer dans le calme, les yeux fermés, le fil conducteur de son exposé, ses connaissances complémentaires, mais aussi élaborer un « support ». Ce dernier peut tout aussi bien constituer un brouillon, utile en cas de trou de mémoire dans le vif de l'action, qu'un document à remettre à son jury.

Dans sa mouture initiale, le Grand oral devait se dérouler sans aucune note. La première partie de l'épreuve constituait alors un moment rhétorique d'expression directe, où le candidat ne pouvait s'appuyer que sur des repères mentaux.

Cet esprit ne doit pas être perdu de vue par les candidats. Lors des cinq minutes d'exposé, ils se mettent dans la peau d'un orateur qui s'adresse à un public dont ils captent l'attention, suscitant la curiosité par différents mécanismes.

Le brouillon

Première possibilité : consacrer les vingt minutes de préparation à anticiper un moment d'oubli à l'oral.

La perspective angoissante d'un trou de mémoire peut conduire certains à constituer un brouillon rassurant. Dans le feu de l'action, rien de surprenant à ce que des tournures, voire des phrases et idées entières nous échappent. C'est alors que le brouillon peut s'avérer utile, puisque l'œil peut accrocher le mot ou l'idée qui nous sauve.

En guise d'anti-sèche, le brouillon doit donc être réduit aux idées principales. Une forme de liste est préférable, avec seulement des groupes de mots, sans phrases entières.

Si votre exposé comporte des citations, vous pouvez les recopier en entier. Mais vous ne sauriez pour autant faire l'économie de la mémoire. Une citation correcte, retenue par cœur, produit un effet nettement plus époustouflant sur l'assistance !

Dans tous les cas, il vaut mieux ne pas trop écrire. La surcharge visuelle sur la feuille en annihilerait tout l'intérêt.

Dans son *Institution oratoire*, brillant essai sur la rhétorique datant du Ier siècle, Quintilien fustige le recours de l'orateur à un souffleur ou à un papier. Selon lui, « cela autorise la négligence, en ce qu'il est naturel de croire qu'on est toujours maître de ce qu'on ne craint pas de voir échapper ». En somme, un brouillon donne l'impression à l'orateur qu'il peut se relâcher, puisqu'au pire des cas, il pourra lorgner sur son papier pour débloquer la situation fâcheuse.

Mais le feu de l'action interdit une telle confiance. S'il n'est pas évident de mémoriser un texte (quoiqu'un discours de cinq minutes ne soit chose insurmontable), il est encore plus délicat de jongler entre sa mémoire et son manuscrit.

Le support pour le jury

Deuxième possibilité : aider son jury.

Les candidats anxieux de savoir leur jury attentif à la progression de leur argumentation peuvent décider de lui transmettre le plan de leur exposé ou quelques idées phares. Si la diction est claire, notamment aux articulations du raisonnement, vos examinateurs n'auront pas besoin de cette aide. Un entraînement régulier devant quelqu'un vous permettra d'éviter une élocution confuse. Souvenez-vous que le rythme doit toujours ralentir lors de la présentation de votre plan et au début de vos parties.

En revanche, pour certaines spécialités il peut être utile de transmettre des chiffres ou des schémas. Les données sont toujours plus claires vues que dites, en particulier quand il s'agit de les comparer. Des calculs peuvent aussi être explicités de la sorte. Toutes les matières scientifiques se prêtent à une telle initiative.

Si vous avez des talents artistiques et selon votre question, vous pouvez même faire un ou plusieurs dessins. Choisissez alors bien le moment où vous le révélerez ou remettrez au jury. Pour ce faire, comme souvent, rien ne vaut l'entraînement, face à un proche, ou un miroir.

Une question de regard

Les questions « que faire de ces vingt minutes ? » et donc « comment faire un brouillon ? », voire « en faire un ou pas la peine ? », contiennent en réalité l'enjeu du regard de l'orateur. Disposer d'un brouillon entre les mains ou sur sa table conditionne la façon dont notre regard se pose. Créer un brouillon, ou même un support à destination du jury, c'est créer un nouveau lieu pour notre regard, et une nouvelle ressource pour notre expressivité.

Un regard mobile

Ayez le regard mobile ! Il doit passer d'un examinateur à l'autre, chercher derrière, parfois (brièvement) au plafond, quand vous réfléchissez, rarement sur vos pieds, surtout droit dans les yeux. Ce faisant, vous entrez dans la sphère de votre jury.

Avant même de commencer à parler, brouillon ou non, regardez donc vos deux examinateurs. À ce moment précis, on ne lance pas de regard hâtif dans le vague, ni de coup d'œil nerveux à l'éventuelle feuille que l'on tient entre les mains. On conquiert son auditoire.

Mettez-vous à la place du jury qui voit passer une bonne dizaine de candidats dans la journée, pendant plusieurs jours. Celui qui lui fera passer un moment d'échange intéressant et convaincant sortira du lot. Et cela commence par le regard. Vous devez consacrer 80 % du temps de votre oral à regarder vos examinateurs.

Un point d'accroche utile

Justement, le brouillon peut contribuer à la richesse de votre prestation, comme point d'accroche du regard. Deux ou trois fois lors des cinq minutes d'oral, un œil jeté à sa feuille tenue dans la main ou posée sur la table permet de se reconcentrer et de changer de dynamique.

➔ Attention

Savoir que notre brouillon existe doit n'être qu'un dernier recours et secours. Puisque dès lors que l'on se met à lire trop attentivement son texte, c'est toute une authenticité qui s'évapore. Dans une remarque qui engage toute l'interprétation du texte su par cœur, Quintilien met en garde : « Les choses les mieux écrites perdent toute leur grâce, par cela seul qu'on voit qu'elles sont écrites. »
Rien de pire qu'un jury qui constate à quel point votre appropriation du texte est froide, occupé que vous êtes à traquer dans le détail les mots couchés sur votre papier.
Comme Mnémosyne le déclare à la fin du conte de Voltaire, *L'Aventure de la mémoire* : « Sans la mémoire, il n'y a point d'esprit. » Esprit est à prendre ici dans deux sens ; à savoir : celui de la vivacité intellectuelle et celui de la repartie.
En maîtrisant bien son texte pour la première partie de l'épreuve, on se prépare à une meilleure réactivité lors des échanges qui suivent.

Le support, un objet théâtral ?

Au-delà du regard, l'objet brouillon (ou support) comporte toute une théâtralité en puissance. Se saisir d'une feuille sur la table devant nous, la tenir fermement, en un mouvement circulaire ou désigner le papier remis ; voilà autant de gestes théâtraux sur lesquels il est possible de jouer. Un impétrant du Grand oral se mue, dans l'idéal, en acteur.

Agiter sa feuille ?

Toujours dans son *Institution oratoire*, Quintilien constate : « Pour comprendre l'importance du geste dans l'orateur, il suffit de considérer tout ce qu'il peut exprimer sans le secours de la parole : car non seulement la main, mais un signe de tête, manifestent notre volonté, et tiennent lieu de langage chez les muets. » Lors du Grand oral, le candidat peut donc manifester la passion de sa question à travers cette modeste feuille griffonnée, qui lui sert, pour l'occasion, d'extension de sa main.

Et si rien ne vous convient ?

Peut-être le plus raisonnable resterait-il de négliger tout support et brouillon, en jouant de ses mains. Quintilien lui-même commente longuement les gestes associés à telle ou telle émotion, ou à tel ou tel argument, voire phase du discours. En somme, feuille de brouillon et support peuvent briller par leur absence.

Exercices

Les exercices suivants visent à améliorer en général vos qualités orales tant au niveau de l'élocution que du comportement, de la gestuelle, du débit et de la mémoire.

Exercice 1 Attitude et expressions face au miroir

Placez-vous devant un miroir sur pied. Vous devez vous voir en entier. Les étapes de cet exercice seront plus ou moins surprenantes et efficaces selon la fréquence à laquelle vous avez coutume de vous regarder dans un miroir.

1. Regardez-vous dans les yeux pendant vingt secondes. Habituez-vous à votre propre regard, et à votre propre personne.
2. Variez vos regards et les expressions de votre regard. Trouvez le regard qui vous plaît le plus, celui qui vous met le plus à l'aise et en confiance. Vous devez ressentir une vague de satisfaction. Entraînez-vous régulièrement à adopter ce regard, face au miroir, mais aussi quand vous prenez la parole.
3. Regardez-vous en entier. Trouvez la position debout qui vous convient le plus. Les jambes peuvent être droites, ou l'une légèrement repliée. Les mains le long du corps. Le dos droit. Ajustez cette position peu à peu. Le tout est de vous sentir à l'aise et en confiance.
4. Faites quelques pas en avant, en arrière, sur les côtés.

→ Les scènes face au miroir au cinéma

Nombreux sont les films qui ont mis en scène un personnage qui se regarde et se parle dans un miroir. Un épisode de l'émission *Blow Up*, sur la chaîne Arte revient dessus :
www.arte.tv/fr/videos/052439-075-A/le-miroir-au-cinema
Relevons plus particulièrement deux scènes cultes, desquelles vous pouvez vous inspirer dans vos exercices face au miroir.
Dans *Taxi Driver*, de Martin Scorsese (1976), le héros Travis Bickle, incarné par Robert de Niro, se met en tête de se rendre utile à diverses personnes, au-delà de son métier de chauffeur de taxi. Dans une scène culte, il se dévisage longuement dans son miroir, et répète cinq fois "*You talkin' to me?*" (« C'est à moi que tu parles ? »)
Une telle répétition des mêmes mots apparaît aussi dans une scène de *Baisers volés*, de François Truffaut (1968). Face à son miroir, Antoine Doinel, incarné par Jean-Pierre Léaud, répète un nombre incalculable de fois, en modulant le volume et le ton, les noms des deux femmes dont il est amoureux, puis son propre nom.
Dans ces deux situations, l'exercice auquel s'adonnent les personnages leur donne confiance en eux. Ils ont des stratégies très différentes pour y parvenir. Travis s'imagine en train de parler avec détermination et agressivité à quelqu'un d'autre. Il surmonte une forme d'introversion en inventant cette situation de conflit. Quant à Antoine, il ne s'imagine pas répéter ainsi autant de fois ces noms. Mais il s'approprie son attitude, le son de sa voix, son débit, son regard, tout en tâchant d'exorciser ses obsessions.
Peu importe donc la manière, passer du temps devant son miroir doit vous permettre de vous sentir mieux avec vous-même et l'image que vous renvoyez.

Exercice 2 Articulation et déclamation face au miroir

Toujours face au miroir, entraînez-vous à prononcer ces deux extraits de pièces de théâtre, en en respectant bien le rythme, la ponctuation, les répliques ou la prosodie. Votre langue ne doit pas buter sur les mots. Choisissez le texte avec lequel vous êtes le plus à l'aise et répétez l'exercice plusieurs fois. Regardez et ajustez votre attitude face au miroir. À chaque nouvelle répétition, variez la hauteur de votre voix. Elle doit porter, mais pas trop ! Enregistrez-vous et évaluez-vous.

Texte 1 : Molière, L'Avare, acte IV, scène VII, 1668

Harpagon, un riche bourgeois, a enterré dans son jardin une cassette[1] *contenant dix mille écus d'or. On vient de la lui voler… Voici le début de sa célèbre tirade. La ponctuation et la concision des phrases sont évidemment fondamentales.*

Harpagon, *criant au voleur dès le jardin, et venant sans chapeau.*
Au voleur ! au voleur ! à l'assassin ! au meurtrier ! Justice, juste ciel ! Je suis perdu, je suis assassiné ; on m'a coupé la gorge : on m'a dérobé mon argent. Qui peut-ce être ? Qu'est-il devenu ? Où est-il ? Où se cache-t-il ? Que ferai-je pour le trouver ? Où courir ? Où ne pas courir ? N'est-il point là ? n'est-il point ici ? Qui est-ce ? Arrête. *(À lui-même, se prenant par le bras.)* Rends-moi mon argent, coquin… Ah ! c'est moi ! Mon esprit est troublé, et j'ignore où je suis, qui je suis, et ce que je fais. Hélas ! mon pauvre argent ! mon pauvre argent ! mon cher ami ! on m'a privé de toi ; et puisque tu m'es enlevé, j'ai perdu mon support, ma consolation, ma joie : tout est fini pour moi, et je n'ai plus que faire au monde. Sans toi, il m'est impossible de vivre. C'en est fait ; je n'en puis plus ; je me meurs ; je suis mort ; je suis enterré.

1. **Cassette** : petite boîte.

Texte 2 : Jean Racine, Phèdre, acte V, scène VI, 1677

Dans cette scène, le messager Théramène rapporte à Thésée les circonstances de la mort d'Hippolyte, son fils. Il ne s'agit que d'un extrait du monologue, qui comporte un rythme régulier et de nombreuses allitérations à bien faire ressortir par la diction. Respectez les règles de versification des alexandrins.

Cependant sur le dos de la plaine liquide,
S'élève à gros bouillons une montagne humide ;
L'onde approche, se brise, et vomit à nos yeux,
Parmi des flots d'écume, un monstre furieux.
Son front large est armé de cornes menaçantes ;
Tout son corps est couvert d'écailles jaunissantes,
Indomptable taureau, dragon impétueux,
Sa croupe se recourbe en replis tortueux ;
Ses longs mugissements font trembler le rivage.
Le ciel avec horreur voit ce monstre sauvage ;
La terre s'en émeut, l'air en est infecté ;
Le flot qui l'apporta recule épouvanté.
Tout fuit ; et sans s'armer d'un courage inutile,
Dans le temple voisin chacun cherche un asile.
Hippolyte lui seul, digne fils d'un héros,
Arrête ses coursiers, saisit ses javelots,
Pousse au monstre, et d'un dard lancé d'une main sûre,
Il lui fait dans le flanc une large blessure.
De rage et de douleur le monstre bondissant
Vient aux pieds des chevaux tomber en mugissant,
Se roule, et leur présente une gueule enflammée
Qui les couvre de feu, de sang et de fumée.

Exercice ❸ Prendre la parole

Cet exercice a surtout du sens pour ceux qui n'osent pas prendre la parole dans certains contextes. Il s'agit donc :

1. D'identifier les contextes où vous ne vous exprimez pas. Il peut s'agir de situations où vous n'y arrivez pas, mais aussi d'autres où vous n'y pensez même pas : en classe, pour demander un renseignement, en famille, lors de repas, et même avec ses amis.

2. Dans ces mêmes contextes, fixez-vous pour défi de prendre l'initiative de raconter une histoire, lancer un débat, défendre un point de vue, poser une question, rebondir sur ce que quelqu'un avance, commenter une anecdote, un fait d'actualité… Les exemples sont innombrables. L'essentiel est de sortir peu à peu de votre zone de confort et gagner en confiance.

Exercice ❹ Respirer avec le ventre

Dans la dernière ligne droite avant l'épreuve, octroyez-vous des séances de dix minutes chaque jour pour vous ventiler. Asseyez-vous confortablement dans un fauteuil ou un canapé. Mettez une main sur le ventre. Du nez ou de la bouche, respirez lentement et régulièrement, en comptant jusqu'à 5. Votre ventre se gonfle progressivement. Expirez ensuite l'air en comptant jusqu'à 10, tout en appuyant doucement sur le ventre. Ne bloquez pas votre respiration. Ne faites pas bouger votre poitrine. Relâchez votre torse.

Alors, vous serez bien oxygéné, apaisé et concentré. Cet exercice est particulièrement important la veille de l'épreuve. Vous pouvez même effectuer ce type de respirations quelques minutes avant votre épreuve.

Exercice ❺ Parler sans notes

Choisissez un thème parmi la liste ci-dessous. Rassemblez des informations sur le sujet en 30 minutes, en les triant et les structurant du mieux possible. Leur organisation est plus importante que leur quantité. Relisez vos notes une fois. Puis, entraînez-vous à parler (devant un miroir ou devant des personnes) sans lire vos notes, sur ce sujet. Vous ne vous arrêtez que lorsque vous n'avez plus rien à dire. Refaites l'exercice jusqu'à ne plus éprouver de difficultés.

Liste de thèmes :

- La création de pistes cyclables dans les grandes villes.
- La trêve hivernale pour les sans-abri.
- Le rôle de l'UNESCO.
- La beauté des gestes sportifs.
- La pédagogie par les jeux vidéo.
- Les influenceurs sur les réseaux sociaux.
- La beauté intérieure.
- Les familles homoparentales.
- Les caisses automatiques dans les supermarchés.
- « Suis-moi je te fuis, fuis-moi je te suis. »
- « Un "tiens" vaut mieux que "deux tu l'auras". »
- Les complexes physiques et la pression de la société.
- La défiance vis-à-vis de la politique.
- Les bienfaits des pleurs.
- Le marché du livre aujourd'hui.
- Relire Voltaire aujourd'hui.
- Stoïcisme contre épicurisme ?
- Les vertus du bricolage et du jardinage.
- Les addictions sans substance.
- Cynisme, sarcasmes et ironie.
- L'histoire du hard rock.
- L'invention de la poubelle.
- La cryptobiose des tardigrades.
- Les cycles de la mode.
- L'influence de Mozart sur Beethoven.
- Les acides lactiques produits par les efforts physiques.

Vous pouvez aussi choisir un autre thème, ou quelqu'un peut vous en indiquer un. Cette liste indicative illustre la variété des sujets possibles, qui sont surtout des prétextes à ce que vous vous exprimiez sans notes.

Exercice 6 Mémorisations régulières

Avant d'être dans la dernière ligne droite avant l'épreuve, où vous aurez principalement à retenir les exposés que vous présenterez, vous pouvez entretenir votre mémoire.

Tous les jours, essayez de retenir au moins une date, une donnée précise et un nom propre. Chaque semaine, faites le point et remémorez-vous les 7 données, dates ou noms propres que vous avez retenus.

Dans son *Institution oratoire*, Quintilien affirme : « On exerce sa mémoire d'une manière plus pénétrante sur les productions d'autrui que sur les siennes ; et ceux qui auront pratiqué ce genre d'exercice, qui demande de la longanimité, apprendront sans peine et retiendront mieux ce qu'ils auront composé eux-mêmes ; ils se familiariseront en même temps avec ce qui est parfait, leur mémoire leur fournira sans cesse d'excellents modèles, et l'éloquence, naturellement empreinte dans leur âme, se reproduira d'elle-même, et à leur insu, dans leur style. »

Apprenez donc par cœur un extrait de discours, une tirade de théâtre ou un poème par semaine. Régulièrement, souvenez-vous de textes que vous avez appris plusieurs semaines auparavant. Vous pouvez vous aider de certains mots du texte en question au moment de vous rafraîchir la mémoire. Vous serez étonné de constater ce que votre cerveau a réussi à stocker ! À chaque nouveau rafraîchissement, les savoirs, les mots, les phrases s'ancrent de plus en plus solidement dans votre mémoire.

Exercice 7 Mémorisation d'un lieu

Choisissez un lieu, habituel ou non, que vous le connaissiez ou non : peu importe. Observez cet endroit sous toutes ses facettes en endossant un costume…

1. D'**architecte** : repérez les formes, les volumes, l'emplacement des arbres, des bâtiments. (Ou chez vous : les meubles, les matières, les cadres, les objets…)
2. De **peintre** ou de **photographe** : relevez les couleurs, la luminosité, les zones sombres…
3. De **mathématicien** : dénombrez les arbres, les bancs, les jets, les fenêtres, les portes, les magasins, les voitures stationnées… (Ou chez vous : les tableaux, les objets, les chaises, les tables…)
4. De **détective** : constatez tous les évènements qui se passent. Retenez certains détails de ces événements. (Si vous êtes chez vous, il ne se passera peut-être rien. Essayez donc de trouver des indices qui indiquent un événement passé. Visualisez cet événement.)

Fermez les yeux et mentalement, essayez de vous rappeler l'ensemble de la scène dans ses moindres détails. Rouvrez les yeux et vérifiez l'exactitude de votre restitution mentale. Vous ne devez omettre aucun détail de ces quatre catégories. La quatrième catégorie sert en réalité de lien entre les autres. Il s'agit d'une sorte de moyen mnémotechnique pour se souvenir du reste. Vous ne pourrez en effet pas concrètement vérifier que vous vous êtes rappelé correctement d'un événement passé !

Retenir son exposé mobilise de telles facultés : ranger toutes les parties de son exposé dans certains espaces, les connaissances supplémentaires dans d'autres espaces. Les événements qui les relient sont contenus dans la question que vous traitez.

Exercice 8 Se détendre

Le trac du jour J et les angoisses lors de la préparation sont on ne peut plus naturels. Tout le monde ressent de telles émotions. Il ne faut donc pas nécessairement chercher à les combattre ou à les éviter. Mais il est aussi important de savoir les atténuer, et se détendre quelque peu. Outre les techniques de respiration, fondamentales, existent aussi de nombreux exercices de relaxation. En voici deux :

1. Extériorisation de l'angoisse

Débout, le dos droit, inspirez lentement. Ramenez vos deux mains paumes collées derrière la tête. Respiration bloquée, contractez alors tous les muscles de votre corps, dont ceux de votre ventre et votre visage. Maintenez cette position quelques secondes. Puis expirez d'un coup par la bouche et en repoussant symboliquement votre angoisse devant vous, les bras tendus et la paume des mains en avant.

2. Le pompage des épaules

Ce mouvement antistress peut s'effectuer facilement n'importe où et n'importe quand. Il permet de se relâcher quand on se sent accablé ou simplement d'évacuer le stress. On le conseille particulièrement avant un entretien important. Mettez-vous debout, les pieds parallèles, écartés de la largeur du bassin. Fermez les yeux et concentrez-vous sur les sensations de votre nuque, de vos épaules et du haut de votre dos. Inspirez profondément par le nez en fermant les poings. Bloquez votre respiration et faites doucement monter et descendre les épaules plusieurs fois. Soufflez par la bouche. Vous devez vous sentir confortable dans cette position et avoir l'impression de vous débarrasser d'un poids.

LA SÉRÉNITÉ À L'ORAL

Bien dormir : le secret de la réussite !

Une année décisive a commencé : c'est parti pour le marathon du bac ! Au fil des mois, vous avez beaucoup de choses à apprendre, beaucoup de travail à fournir… et comme les journées ne vous semblent parfois pas assez longues pour tout faire, vous êtes peut-être tenté(e) de sacrifier votre sommeil… Erreur ! Sachez que le sommeil est indispensable au bon fonctionnement de la mémoire et du cerveau et qu'il faut le préserver si vous voulez arriver en forme le jour J.

Le sommeil : un besoin vital

Chaque jour, lorsque nous nous endormons, notre organisme récupère et puise les ressources nécessaires pour faire face au jour suivant. Les muscles se relâchent, l'activité cérébrale se modifie, offrant au corps la possibilité de recouvrer ses forces.
Le sommeil est ainsi **essentiel non seulement au niveau psychologique** dans la mesure où il préserve nos capacités cognitives, **mais aussi sur le plan physique** : des études ont en effet montré qu'un sommeil insuffisant ou de mauvaise qualité peut favoriser la prise de poids et l'obésité.
Au total, nous dormons quasiment le tiers de notre vie et sans cette alternance des phases de veille et de sommeil, nous mourrions.
Sans aller jusque-là, il faut savoir que la vigilance et la qualité de la phase de veille dépendent beaucoup du sommeil. L'alternance veille-sommeil est en effet liée à ce que l'on appelle, chez l'homme mais plus largement chez tous les animaux, le **rythme circadien**. Celui-ci dure 24 heures et correspond au retour régulier, par intervalles, de phénomènes biologiques, dont le sommeil.
Pour les jeunes adultes, chaque cycle de sommeil dure environ 90 minutes (il y a donc plusieurs cycles en une nuit) et se compose de cinq stades :

- le **sommeil lent** comporte deux stades : la somnolence, qui correspond à l'endormissement, et le sommeil léger qui est une sorte d'assoupissement ;
- le **sommeil profond**, lui aussi en deux étapes (profond et très profond), constitue la phase de récupération la plus importante ;
- le **sommeil paradoxal**, plus agité, est le **domaine des rêves**, indispensable à la récupération intellectuelle et aux apprentissages.

Rien d'étonnant, dans ces conditions, à ce qu'un lycéen en pleine préparation du bac, qui révise intensément et sollicite ses neurones ait besoin d'un sommeil de qualité, en quantité suffisante.

Ah ! la sieste…

Il vous arrive de somnoler après le déjeuner ? Pas de panique, c'est tout à fait normal ! Cette période de la journée correspond en effet à une baisse de vigilance dans notre rythme chronobiologique.
C'est pourquoi de plus en plus de médecins conseillent aujourd'hui de faire une sieste, qui permet de réduire le stress et d'améliorer la capacité de concentration. N'abusez pas tout de même si vous voulez profiter de votre journée et réussir à dormir le soir ! 20 minutes est la durée moyenne recommandée.
Dans certains pays comme le Japon, cette pratique est même institutionnalisée, et cela ne choque personne de voir des salariés piquer du nez au bureau !

En bref : 5 bonnes raisons de prendre soin de son sommeil

1. Le sommeil est indispensable à la vie (ça, c'est une bonne raison !)
2. Il favorise l'apprentissage et conditionne les capacités de votre mémoire.
3. Il permet de décharger le stress de la journée.
4. Il repose vos muscles et permet la réparation des tissus.
5. Il ne se rattrape pas ! (on ne peut récupérer d'une nuit blanche en dormant le double la nuit suivante).

Le saviez-vous ?

Par l'étude d'un EEG (électroencéphalogramme), on peut suivre les différentes phases du sommeil d'un « dormeur » et en tirer des indications sur son état de santé.
En moyenne, on estime à **8 heures par jour** la durée d'un sommeil réparateur, mais cela change bien sûr en fonction des individus et de la vie qu'ils mènent. Citons l'exemple célèbre de Napoléon qui n'avait besoin que de 4 heures de sommeil, alors qu'il en fallait 12 à Einstein pour se sentir en forme !
Le besoin de sommeil varie également selon l'âge : sans parler des nouveau-nés qui dorment 16 à 17 heures par jour, ni des enfants qui font la sieste à l'école, les adolescents ont également besoin de dormir plus que la moyenne. Les spécialistes indiquent ainsi que 9 heures par jour sont nécessaires à cette période de la vie. À l'inverse, les personnes âgées, tout en s'accordant des siestes pendant la journée, dorment en général moins que la moyenne.

Sommeil, mode d'emploi

La bonne attitude

- Être à l'écoute de son corps. Si vous montrez des signes de fatigue (bâillements, somnolence, pensées qui vagabondent, difficultés de concentration), inutile de lutter trop longtemps ! Le mieux est encore d'aller piquer un petit somme.
- Dormir suffisamment. Rappelez-vous : en moyenne, un adulte doit dormir 8 heures pour être en forme.
- Faire du sport. Cela aide à garder une bonne condition physique, un bon moral et un bon sommeil !
- Savoir se détendre. Le stress est le grand ennemi du sommeil. Mieux vaut prendre un peu l'air et vous détendre plutôt que de vous acharner si vous êtes trop angoissé(e). Vos révisions n'en seront que plus profitables.
- Créer un environnement favorable au sommeil. Pour bien dormir, il faut un bon matelas, un lieu paisible et isolé, à l'atmosphère saine (il est généralement plus difficile de s'endormir dans une chambre peuplée de moutons !). N'hésitez pas à prendre une tisane et un bon livre sur fond de musique douce... Comme pour les bébés, le rituel du coucher est primordial !
- Avoir un rythme de vie régulier. Se lever et se coucher à la même heure chaque jour permet au cycle veille/sommeil de bien se synchroniser.

Ce qu'il ne faut pas faire

L'inverse des conseils donnés ci-dessus. Donc : ne pas tenir compte des signes de fatigue, se priver de sommeil ou simplement se coucher tard, ne pas se détendre, dormir dans un environnement hostile, etc.

Le saviez-vous ?

Dans la population française, les troubles du sommeil les plus fréquents sont l'insomnie et la somnolence.
Selon les résultats d'une enquête menée en 2010 par l'INPES[1], le temps de sommeil des jeunes adultes est trop fréquemment réduit, les exposant à une réduction de leur vigilance et aux complications potentielles associées à un sommeil de trop courte durée.
Les 15-30 ans sont 12,6 % à déclarer avoir eu beaucoup de problèmes de sommeil au cours des huit derniers jours, 17,4 % sont insatisfaits de leur sommeil, 14,2 % se trouvent en insomnie chronique et 8,4 % régulièrement somnolents la journée.

- Prendre des somnifères. C'est à éviter absolument. En effet, un grand nombre de médicaments (les psychotropes, qui agissent sur le système nerveux central), et notamment les somnifères, ont des effets sur la vigilance, et peuvent entraîner une somnolence même après le réveil !
- Manger trop, trop gras, trop alcoolisé. Une digestion longue et difficile ne favorise pas un bon sommeil.
- Prendre des excitants trop tard dans la journée. Évitez de consommer du café, du thé, des jus de fruits et même du chocolat au moment du dîner. Si vous êtes particulièrement sensible à ces excitants et que votre organisme est lent à les assimiler, abstenez-vous d'en prendre dès le début d'après-midi. Il en va de même bien entendu des vitamines en tube et autres boosters de mémoire, sans parler du tabac, qui est également un excitant.

1. Institut national de prévention et d'éducation pour la santé.

Connaître son stress pour mieux l'apprivoiser

Le stress est un sentiment très personnel : tout le monde ne stresse pas pour les mêmes raisons et ne gère pas cet état de la même façon. En revanche, la réaction biologique à l'origine de ce malaise est similaire d'un individu à l'autre. Il s'agit d'un réflexe de notre organisme, une réponse de notre corps et de notre psychisme face à une situation imprévue ou vécue comme une agression. Quel en est le mécanisme ? Comment maîtriser son stress pour en conserver les avantages sans en subir les inconvénients ?

Le mécanisme du stress

Tout commence par un **stimulus** stressant (par exemple la prise de conscience soudaine... que l'épreuve n'est plus que dans deux semaines !!!). Instantanément, le cœur s'emballe, l'estomac se noue et les muscles fléchissent. Lors de cette première **phase d'alerte**, un maximum d'énergie est mis à la disposition de l'organisme pour qu'il puisse réagir vite et bien à la situation.

Une décharge d'**adrénaline** (hormone sécrétée par les glandes surrénales, situées au-dessus des reins), commandée par le cerveau, entraîne une accélération du rythme cardiaque et facilite la libération de sucre par le foie. Les muscles disposent alors de toutes les ressources nécessaires (oxygène et sucre) pour se mettre rapidement en action. Parallèlement, la mémoire, la réflexion et la vision sont améliorées.

Si le stress se poursuit, l'organisme entre dans une **phase de résistance**. Il sollicite de nouvelles ressources énergétiques et tente de rétablir son équilibre. Pour cela, il sécrète des hormones comme le **cortisol**, qui stimule la libération de glucose dans le sang, ou l'endorphine, aux vertus apaisantes. À ce stade, le stress a une action bénéfique sur l'organisme d'un point de vue biologique.

Pourtant, s'il se prolonge davantage, le stress provoque une **phase d'épuisement**. L'organisme n'a plus les ressources énergétiques suffisantes pour continuer à gérer la situation. Par ailleurs, ses défenses immunitaires faiblissent. On devient fatigué, irritable, voire déprimé.

Le stress, ami ou ennemi ?

Lors des phases d'alerte et de résistance, le stress peut aider à avoir les **bons réflexes** face à une situation déstabilisante : trop souvent, on oublie cet **aspect positif** du stress ! Psychologue, psychothérapeute et sophrologue, Patricia Serin[1] souligne que le stress « nous permet d'optimiser nos facultés. Il est normal, et même opportun, de se sentir stressé avant un examen par exemple : l'inverse signifierait que l'on ne se sent pas concerné... »

Mais si la tension est trop importante, le stress devient **nuisible** : on se laisse déborder par lui. À cela, s'ajoutent le niveau de tolérance et l'expérience de chacun. Nous ne sommes pas égaux devant le stress : certains l'encaissent plus longtemps que d'autres.

Le stress modifie le comportement et la perception de l'environnement et cela peut avoir des conséquences néfastes. Ainsi, le **sentiment d'urgence**, ressenti par exemple à l'approche d'un examen, constitue une charge mentale importante qui risque de prendre le pas sur tout le reste : la personne trop stressée néglige alors son sommeil, son alimentation, absorbe des excitants et des drogues (comme le tabac ou l'alcool) au mépris de sa santé et de sa sécurité. En outre, les capacités d'attention et les stratégies de prise d'information sont dégradées : si le stress a pu servir d'impulsion initiale pour se mettre au travail, il peut nuire à l'assimilation des connaissances et perturber la sérénité des révisions !

Le saviez-vous ?

Le terme *stress* vient de l'ancien français *estrece* qui veut dire « oppression » et est lui-même issu du verbe latin *stringere* signifiant « serrer ». Le mot fait ensuite un détour par l'Angleterre et revient d'outre-Manche avec le sens de « contrainte ». Il est alors utilisé en physique pour désigner une contrainte excessive exercée sur un matériau, conduisant à sa déformation ou à sa rupture. C'est par extension que l'on passe au sens courant, psychologique.

1. www.serin-patricia.com

Trois règles d'or pour apprendre à gérer son stress

1. S'organiser...

Pour éviter le stress en continu, apprenez à faire correctement votre **planning** : « hiérarchisez votre plan de travail, établissez des priorités selon les matières », recommande Patricia Serin. « Mais évitez aussi de saturer intellectuellement en vous réservant des moments de détente. »

Une bonne organisation du travail vous permettra d'anticiper, d'éviter la précipitation, de mieux gérer les imprévus. Vous deviez réviser toute la journée et un événement vous en empêche ? Pas de panique ! Si vous avez pris soin de bien répartir vos révisions et de vous ménager des moments de pause, vous parviendrez sans peine à rééquilibrer votre planning et rattraperez le temps perdu. « Rien ne sert de courir, il faut partir à point... » : que cette devise de la célèbre tortue de La Fontaine soit votre mot d'ordre !

2. Avoir une bonne hygiène de vie

Au quotidien, il est important de **respecter son rythme veille / sommeil habituel** en se couchant et se levant à des heures régulières : sept nuits consécutives écourtées de deux heures de repos équivalent à une nuit blanche..., et une dette de sommeil importante peut avoir les mêmes effets que l'alcool ! Quant à la durée moyenne de sommeil nécessaire, elle est, d'après les spécialistes, d'au moins **sept heures** pendant les révisions.

L'alimentation joue aussi un rôle primordial : manger équilibré et dans le calme, préférer les aliments qui apportent de l'énergie (crudités, fruits, légumes, poulet, grillades, œufs durs, féculents) aux sucreries et aux aliments riches en graisses... Voilà autant de facteurs qui favoriseront un état de tranquillité propice aux révisions et à la concentration.

À l'inverse, évitez bien sûr de consommer café, tabac et alcool.

Autre atout et pas des moindres pour vaincre le mauvais stress : **le sport** ! La natation, par exemple, améliore les capacités physiques (respiration, force, etc.) et libère les tensions musculaires.

3. Anticiper et être en forme le jour J

La veille d'un examen, réunissez toutes les conditions pour ne pas stresser : « préparez toutes vos affaires la veille pour être sûr de ne rien oublier », conseille Patricia Serin. Et assurez-vous bien que votre réveil sonnera ! Couchez-vous tôt, mais levez-vous suffisamment tôt aussi pour avoir le temps de bien vous réveiller, de prendre un petit déjeuner qui vous plaît, pas trop lourd de préférence », poursuit la psychologue qui insiste aussi sur l'importance de « bien boire parce que le stress fait transpirer et que la déshydratation est mauvaise pour la réflexion. »

Et l'année prochaine, serez-vous stressé(e) ?

Si vous continuez vos études dans le supérieur, il y a des chances pour que vous soyez encore soumis au stress.

D'après une récente étude, les trois quarts des étudiants disent se sentir stressés.

Précisons qu'il ne s'agit pas là d'une spécificité des étudiants : le stress concerne toutes les catégories de la population française, et cette enquête montre que les étudiants ne sont pas à l'abri de ce phénomène.

Et puis, pas de panique, car le baromètre révèle aussi que **59 % des étudiants affirment que leur moral est bon**. Ainsi, le stress n'empêche pas de se sentir bien : n'oubliez pas, comme nous l'avons dit, que le stress a aussi un aspect positif et dynamique.

Sans la refuser, sachez maîtriser votre émotivité !

Elles vont, viennent, nous étreignent, parfois nous submergent... Difficile de dire ce qui provoque en nous des émotions. Souvent inattendues, elles nous procurent des sensations fortes, mais peuvent également se révéler paralysantes et nous faire perdre nos moyens. Voici donc quelques conseils pour mieux comprendre le fonctionnement des émotions et parvenir à maîtriser son émotivité.

Comment naissent les émotions ?

Une émotion est déclenchée par une situation, une sensation, ou même seulement une pensée. Ce **stimulus** provoque un signal nerveux qui atteint une partie du cerveau appelée système limbique, et plus précisément un groupe de neurones qui constitue **l'amygdale** (à ne pas confondre avec les amygdales de la gorge qui ne jouent absolument aucun rôle dans la naissance des émotions !). C'est donc **dans le cerveau** que s'élabore la réponse qui va être diffusée à notre corps par des **neurotransmetteurs**, ces substances chimiques chargées de transmettre l'information d'un neurone à l'autre.
Selon l'endroit où se porte l'influx nerveux, les **réactions physiques** sont bien différentes : le cœur crée des palpitations, les vaisseaux capillaires nous font rougir ou blêmir, le cervelet peut provoquer des tremblements... Ainsi, nous ne réagissons pas tous de la même manière ni avec la même intensité. L'histoire personnelle de chacun entre ici en ligne de compte, en fonction des événements qui nous ont marqués, ou de l'influence de nos proches qui peuvent placer de grandes attentes en nous.

De l'intérêt de maîtriser ses émotions...

Il ne s'agit pas de contrôler vos émotions pour les faire disparaître, mais de faire en sorte **qu'elles ne vous empêchent pas d'agir** comme vous êtes capable de le faire habituellement. En effet, les émotions provoquent parfois des réactions involontairement violentes : mains moites, jambes flageolantes, bafouillage voire impossibilité de prononcer le moindre mot... Dès lors, l'esprit n'est plus concentré sur ce qu'il doit dire ou faire, mais uniquement tourné vers cette émotion, ce qui induit en général des pensées dévalorisantes : c'est le cercle vicieux !

Au mieux gênant, ce genre de situation peut se révéler vraiment handicapant, lors d'un examen par exemple. En particulier, c'est souvent à l'oral que les candidats ressentent des blocages car il faut faire face au regard de l'examinateur ou du public : celui-ci peut en effet provoquer des réactions physiques fortes dans la mesure où chaque signe est interprété. Derrière ces émotions, il y a **la peur d'être jugé(e) et de déplaire**.

... et de la façon de le faire

La première chose à faire est de **retrouver physiquement sa maîtrise**, sans se préoccuper de sa performance mentale : il faut respirer profondément et détendre ses muscles. Il s'agit également de reprendre conscience de son corps, par exemple en se concentrant sur la plante de ses pieds, de manière à ressentir l'enracinement dans le sol : à cette stabilité physique viendra répondre une stabilité mentale. Quand on est assis, on peut aussi poser calmement ses deux mains sur la table pour acquérir cette sensation de stabilité.
D'autre part, il faut dans la mesure du possible **occuper son esprit** et penser pendant un moment à autre chose qu'à la situation angoissante. On peut ainsi **regarder autour de soi**, se décrire mentalement la salle dans laquelle on se trouve, ou bien détailler la façon dont son interlocuteur est habillé. L'essentiel est de « **se familiariser avec les lieux, de regarder l'autre comme quelqu'un d'accessible**, indique Bernard Sananès[1] : il faut que le moment que l'on est en train de vivre n'apparaisse pas comme exceptionnel car c'est souvent la nouveauté, l'inattendu qui provoque des émotions fortes que l'on ne parvient pas à contrôler. »

1. *101 bonnes façons d'apprivoiser son émotivité*, 2006.

Quand on se trouve en face d'une personne qui parle, on peut également l'écouter en s'attachant à reformuler ce qu'elle dit : cela permet non seulement de fixer son attention sur autre chose que sur la peur ressentie, mais aussi de clarifier ses idées tout en donnant à l'autre le sentiment que l'on essaie de comprendre au mieux ses propos. Ainsi, comme le dit Bernard Sananès, « toutes les activités rationnelles vont dans le bon sens. En effet, plus on est rationnel, moins on est émotionnel. Autrement dit, **plus vous pensez, moins vous êtes ému !** »

Autre astuce : **relativiser**. Est-ce vraiment si terrible ? Quels véritables enjeux cette situation représente-t-elle pour moi ? Voilà des questions qui aident à recadrer les choses, à leur redonner la place réelle qu'elles méritent.

Dans la même perspective, on peut repenser à des situations similaires que l'on a vécues et que l'on est parvenu à dépasser. De petites réussites qui amènent à se dire : « je peux m'en sortir ». Mais s'il est nécessaire de retrouver confiance en soi, à l'inverse, il faut également **accepter l'éventualité d'un échec**. Et prendre conscience que personne n'est parfait !

Les comédiens, des pros de la maîtrise des émotions

S'ils ont souvent le trac avant d'entrer sur scène, les comédiens contrôlent leurs émotions quand ils jouent, afin de les transmettre au public et d'incarner leur personnage de manière crédible. Mais ressentent-ils vraiment des émotions ou bien les simulent-ils ?

Denis Diderot (1712-1784)

Ce vieux débat a été clairement formulé au XVIIIe siècle par **Denis Diderot** dans *Le Paradoxe sur le comédien*. Contre l'opinion courante, l'écrivain et philosophe soutient que, pour être convaincant, **le comédien doit faire preuve de sang-froid** et reproduire de façon consciente les passions de son personnage, et non les ressentir lui-même, ce qui l'amènerait à les subir :

« Mais quoi ? dira-t-on, ces accents si plaintifs, si douloureux, que cette mère arrache du fond de ses entrailles, et dont les miennes sont si violemment secouées, ce n'est pas le sentiment actuel qui les produit, ce n'est pas le désespoir qui les inspire ? Nullement ; et la preuve, c'est qu'ils sont mesurés ; qu'ils font partie d'un système de déclamation ; que plus bas ou plus aigus d'une vingtième partie d'un quart de ton, ils sont faux ; qu'ils sont soumis à une loi d'unité ; qu'ils sont, comme dans l'harmonie, préparés et sauvés : qu'ils ne satisfont à toutes les conditions requises que par une longue étude. »

À l'inverse, pour les théoriciens de **l'Actors Studio**, un mouvement né aux États-Unis à la fin des années 1940, le comédien doit **puiser en lui-même des émotions** et les ressentir vraiment pour être à même de les transmettre au public.

Dans tous les cas, quelle que soit la position que l'on adopte dans ce débat, il reste certain que **la pratique théâtrale aide à acquérir de l'assurance**. Bien souvent, les personnes timides parviennent ainsi à se libérer et apprennent à maîtriser leur parole, leur corps et leurs émotions. S'habituer au regard des autres quand on est sur scène permet dès lors de moins craindre cette situation dans la vie quotidienne.

Le saviez-vous ?

Les parents se plaignent parfois des réactions agressives de leurs enfants à l'adolescence. D'après des chercheurs américains et australiens, ces sautes d'humeur seraient dues au fait que certaines parties du cerveau, responsables du contrôle des émotions fortes, ne sont pas encore arrivées à maturité. En proportion, l'amygdale, centre des émotions, est plus grande que la moyenne, d'où l'agressivité manifestée. Le cerveau peut en effet continuer à se développer jusqu'à l'âge de 20 ans.

Détendez-vous !

Entre les cours au lycée, les devoirs à la maison et les révisions du bac, une semaine est bien vite écoulée... À tel point que l'on ne prend pas toujours le temps de pratiquer un sport, surtout lorsqu'il y a un examen à préparer pour la fin de l'année !
Pourtant, nous avons tous besoin de prendre du recul par rapport au travail intellectuel que l'on est en train de fournir, que l'on ressente l'envie de se dépenser physiquement pour évacuer un trop-plein d'énergie, ou bien de se recentrer sur soi-même et de faire le vide... Justement, le sport est là pour ça et ses bienfaits sont réels. Alors, pourquoi s'en priver ?

C'est bon pour le corps...

Pratiqué de manière raisonnée, sans trop forcer et en tenant compte de ses capacités physiques, le sport aide à garder le corps en bonne santé :

- il augmente la force et le tonus musculaires, qui contribuent à lutter contre les maux de hanches, de genoux ou de dos ;
- il favorise (voire améliore) l'amplitude et la souplesse des articulations ; facilitant la fixation du calcium, il est également bénéfique pour le squelette ;
- il aide à préserver l'appareil cardio-vasculaire : sous l'effet du sport, le cœur, qui est un muscle, se renforce et joue d'autant mieux son rôle de pompe. Par ailleurs, l'activité physique permet de réduire l'hypertension artérielle. Et n'allez pas penser que ces problèmes de santé sont réservés aux personnes âgées ! Les jeunes sont eux aussi concernés et certains comportements (notamment prendre la pilule, fumer des cigarettes ou avoir une alimentation grasse...) favorisent les risques cardio-vasculaires.

... mais aussi pour le moral !

Les effets psychologiques du sport sont également très importants, et c'est justement ce qui peut vous permettre de préserver votre équilibre tout au long de l'année et d'atténuer les effets du stress au quotidien.
En effet :

- le sport libère des endorphines (neurotransmetteurs) qui provoquent une sensation de plaisir, voire d'euphorie au-delà d'une heure : la plupart des coureurs de marathon en font l'expérience. Sans aller jusque-là, un exercice physique, même relativement bref, suscite une sensation de détente et de bien-être ;
- quand les muscles sont sollicités, ils sécrètent de l'adrénaline, l'hormone habituellement responsable du stress. Une pratique sportive régulière permet au corps de s'habituer à cette hormone. Résultat : on devient, sans s'en rendre compte, plus résistant au stress et à l'anxiété dans la vie quotidienne.
- les endorphines libérées par l'activité physique favorisent le sommeil.

Permettant une bonne oxygénation du cerveau, le sport peut contribuer à augmenter l'efficience intellectuelle, ce qui devrait vous être utile dans les mois qui viennent !
Enfin, plus généralement, il stimule la confiance en soi, la volonté, enseigne la persévérance... et permet de se distraire un peu entre deux séances de révision.

Quelques conseils de relaxation

La relaxation est un travail mental qui vise à faire le vide dans sa tête en concentrant son attention. L'objectif : prendre conscience de son corps, de son souffle afin d'atténuer les tensions et le stress.

Le saviez-vous ?
Il existe des techniques de **gymnastique des yeux**, permettant d'assouplir et de tonifier les muscles oculaires. Par des mouvements simples des yeux, il est ainsi possible d'améliorer sa vue, d'élargir son champ de vision, mais aussi de combattre le stress et la fatigue.

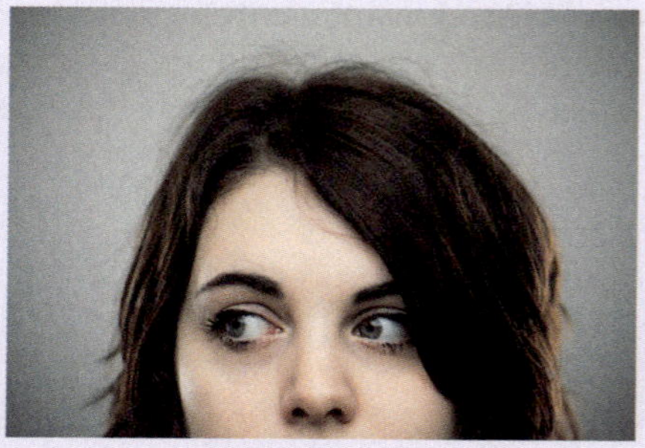

Pour pratiquer la relaxation, il est important de choisir un endroit calme et de privilégier des vêtements confortables.

1. La respiration abdominale : inspirez lentement en faisant en sorte de gonfler le ventre, puis expirez lentement. Répétez ce mouvement plusieurs fois jusqu'à vous être parfaitement détendu.

2. La lutte contre les tensions musculaires : par la pensée, concentrez-vous successivement sur chacun de vos muscles, des pieds à la tête, et décontractez-les.

3. Chassez les pensées négatives en focalisant votre esprit sur des moments agréables, des choses positives. Vous pouvez par exemple visualiser une couleur que vous aimez, penser à un paysage qui vous rappelle de bons souvenirs.

Les mauvaises excuses

« Je n'ai pas le temps… »

Prétexte ! Avoir une activité sportive régulière ne signifie pas y consacrer des après-midi entiers : une demi-heure par jour permet déjà de se maintenir en forme. Sans compter que l'on peut trouver dans son quotidien des occasions de faire de l'exercice : emprunter les escaliers plutôt que l'ascenseur, se déplacer à pied ou à vélo au lieu de prendre le métro et le bus ou, pour les très longs trajets, descendre à la station précédente et finir en marchant… En ce qui concerne les sports que l'on pratique seul et non dans un cours, comme le footing ou la natation, mieux vaut se ménager un créneau dans son emploi du temps, pour que les devoirs et révisions n'empiètent pas sur cette activité. Quant à la relaxation, sachez qu'une séance de dix petites minutes peut être très efficace, surtout si elle a lieu le matin ou le soir.

« Je n'arrive pas à me motiver… »

C'est vrai qu'il n'est pas toujours facile de trouver le courage d'aller à la piscine l'hiver, de s'équiper pour un footing ou de parcourir le trajet qui vous sépare de votre cours de yoga ! Dans ce cas, pourquoi ne pas pratiquer cette activité avec un(e) ami(e) ? Non seulement, vous serez moins tentés de « sécher », mais ce sera aussi l'occasion de créer de nouveaux liens grâce à cette activité commune.

Petites phrases à méditer…

Preuve que l'exercice physique a des effets positifs sur le plan intellectuel, les plus grands écrivains ont vanté les mérites du sport. Petit florilège de citations :

- « *Mens sana in corpore sano* » (traduction du latin : « Un esprit sain dans un corps sain »), Juvénal, *Satires*, 90-127.
- « Il faut que le corps ait de la rigueur pour obéir à l'âme… Plus le corps est faible, plus il commande ; plus il est fort, plus il obéit. » Jean-Jacques Rousseau, *Émile ou De l'éducation*, 1762.
- « Le corps d'un athlète et l'âme d'un sage, voilà ce qu'il faut pour être heureux » Voltaire, Lettre à Helvétius, 27 octobre 1740.

Exercices pour se détendre

Chasser le stress

1. Les poings serrés l'un dans l'autre, posez-les sur le plexus solaire. En poussant doucement sur celui-ci à plusieurs reprises, inspirez par le nez. Expirez en pinçant les lèvres pour ralentir le souffle, tout en balançant les bras vers l'avant. Faites-le trois fois.

2. Répétez le même mouvement sur le centre de la poitrine.

3. Debout, les bras le long du corps, fléchissez légèrement les jambes. Inspirez par le nez en gonflant le ventre et haussez les épaules tout en serrant les poings. Soufflez en desserrant les poings et en vous penchant en avant : vous rentrez le ventre et pliez les genoux. Recommencez trois fois.

4. Inspirez tout en levant le bras droit devant vous, poings fermés. Demeurez quelques instants en apnée et effectuez un moulinet avec votre épaule (comme les roues d'une locomotive) vers l'avant. Pour finir, soufflez par la bouche en tendant de nouveau le bras vers l'avant et soufflez en ouvrant le poing. Effectuez le mouvement trois fois sur chaque bras.

5. Jambes pliées et légèrement écartées, tendez les bras devant vous en fermant les mains. Inspirez en ramenant lentement les poings sur les hanches. Accentuez votre souffle au niveau de la cage thoracique, bloquez la respiration un instant puis, les lèvres pincées, soufflez doucement. En effectuant ce mouvement, ouvrez les mains, paumes vers l'avant (comme pour pousser un mur), et tendez les bras complètement. Répétez l'opération trois fois.

6. Inspirez profondément par le nez. Tout en soufflant tranquillement, serrez et desserrez les doigts, comme s'il s'agissait de griffes, et prononcez le son « tseu ».

Être positif(ve)

1. Au préalable, il faut retrouver un peu de dynamisme. Debout, penchez le buste en avant, en pliant légèrement les jambes, et serrez les poings. Pliez pouces et index, et tapotez doucement le dos juste au-dessous des reins, par à-coups réguliers, pendant une à deux minutes. Si vous avez de l'huile essentielle d'épinette noire, déposez-en une goutte dans le creux du pouce et de l'index.

2. Posez le coude droit dans la main gauche. Fermez le poing de la main droite et tapez-vous doucement l'épaule gauche, le cou et la nuque. Effectuez le geste symétrique avec le poing gauche.

3. Posez les paumes sur la poitrine. Inspirez en gonflant le ventre. Soufflez par à-coups en poussant doucement les paumes vers le mur. Imaginez qu'une force impose une résistance à l'avancée d'une main et vous empêche de l'ouvrir parfaitement. En même temps, rentrez le ventre. Vous sentez une chaleur s'y loger. Placez alors les paumes en dessous de l'abdomen. Répétez le geste trois fois.

4. Asseyez-vous au bord d'une chaise. Penchez-vous en avant, les coudes posés sur les cuisses et les bras ballants entre les jambes. Respirez calmement par le nez et fermez les yeux.

5. Pensez à un moment particulièrement agréable de votre vie, où vous vous sentiez à l'aise et confiant. Imprégnez-vous de la chaleur de cet instant, de ses émotions, de sa force.

6. Quand vous vous sentez suffisamment empli(e) de cette intensité positive et détendu(e), serrez les mains. En conservant la même satisfaction, remplacez l'image de ce souvenir par celle vous représentant devant une table de travail. Imprégnez-vous de ce même bien-être, de cette même disponibilité.

7. Imaginez-vous en train de répondre aux questions posées, à l'écrit ou à l'oral. Regardez-vous effectuer cela, vous êtes détendu(e), positif(ve), constructif(ve)... toujours accompagné(e) de cette sensation de bien-être. Vous avez facilement accès à votre mémoire et savez parfaitement utiliser vos connaissances.

8. Ouvrez doucement les yeux en les écarquillant plusieurs fois. Desserrez les mains et secouez-les. Dénouez-vous le cou et respirez profondément plusieurs fois en étirant les bras, comme un chat qui s'éveille.

9. Pour finir, retrouvez votre posture initiale et serrez les mains. Vous devez ressentir la même sensation de bien-être. L'activation fonctionne !

Pour faire une petite pause

1. Tout en inspirant par le nez, tendez progressivement les mains, doigts croisés et paumes vers le plafond. Étirez ainsi la colonne vertébrale, en hissant de surcroît le sommet de la tête vers le haut. Soufflez par le nez en posant les paumes sur le crâne, les doigts toujours croisés. Faites-le sept fois.

2. Frottez-vous les mains pour les chauffer. Posez-en une au-dessous du nombril et l'autre sur la gorge. Puis frottez-les de nouveau afin d'en placer une sur le cœur et l'autre sur le plexus solaire.

3. Tendez les bras de chaque côté du corps, à hauteur des épaules, et paumes ouvertes vers le mur. Inspirez en pliant les avant-bras et soufflez en les tendant. Imaginez alors que vous poussez des murs avec difficulté. Effectuez le mouvement au ralenti en contractant les abdominaux. Inspirez en ramenant les mains lentement vers les épaules. Répétez le mouvement trois fois.

4. Tournez trois fois doucement les yeux dans le sens des aiguilles d'une montre, puis trois fois dans le sens inverse. Ensuite, fermez-les. Puis, chauffez-vous les mains et posez-les sur vos paupières closes, quelques instants.

5. Autorisez-vous une courte sieste sur le bureau… Inspirez par le nez et soufflez doucement par la bouche en abaissant le buste. Amenez le plus possible la tête entre les jambes. Demeurez quelques instants ainsi et videz l'air de vos poumons. Laissez les pensées s'évanouir… Vous pouvez effectuer le même mouvement en posant la tête sur le bureau. Pour finir, redressez-vous, frottez-vous les paumes et frictionnez-vous énergiquement le buste.

LE PLANNING DE PRÉPARATION

Planning de préparation

Vos professeurs vous guideront sur les délais à tenir. Vous saurez rapidement quelle sera par exemple la date limite du choix du sujet. Prenez cependant la préparation de l'épreuve au sérieux dès le début de l'année. Les questions se mûrissent longuement, surtout dans la mesure où elles auront un lien avec votre projet d'orientation.

Se préparer en amont

Il est raisonnable de penser qu'une fois vos questions choisies, vous mettrez un mois à en rédiger l'exposé de cinq de minutes, et le discours sur le projet d'orientation. Vous devez donc commencer à rédiger **au minimum deux mois** avant l'épreuve, pour pouvoir réviser vos textes sereinement. En cette année de terminale, vous aurez des épreuves écrites à passer. Vos révisions seront intenses tout au long de l'année. Et dans la dernière ligne droite, vous serez d'autant moins pris au dépourvu que vous aurez anticipé. Ne vous noyez pas sous le travail par un **manque d'organisation**.

Premières répétitions

Le temps est venu de mettre à profit vos exercices face au miroir. Quelques semaines avant votre l'épreuve, **avant de maîtriser parfaitement votre exposé**, placez-vous devant un miroir sur pied. Vous vous voyez en entier. Avec votre brouillon en main, présentez une de vos deux questions et regardez-vous comme le jury vous regarderait. Essayez de vous détacher le plus possible de votre brouillon. Mais là n'est pas l'essentiel : travaillez pour vous sentir à l'aise en vous regardant parler.

Lors des répétitions suivantes, vous vous débarrasserez peu à peu de votre brouillon, puisque vous aurez **mémorisé votre texte**. Le mieux vous vous souvenez de votre texte, le plus vous pouvez travailler votre charisme, votre regard, votre expressivité et votre aisance. L'un contribue d'ailleurs à l'autre, puisque vous adresser à une personne fictive vous aide à retenir vos phrases.

Dernière répétition générale

La veille de l'épreuve, vous pouvez procéder à une **ultime répétition**. Vous maîtrisez à présent parfaitement l'exposé de vos deux questions, et les projets d'orientation associés.

Cet exercice peut aussi être effectué plusieurs fois deux ou trois jours avant l'épreuve. Le plus souvent vous vous y appliquerez, le plus vous gagnerez en confiance et en charisme. Attention cependant à ne pas trop en faire et à miser sur le naturel. Votre prise de parole doit être **convaincante** et non récitée.

Pour autant, si vous vous sentez parfois en mode automatique, ce serait tout à fait compréhensible, et le jury ne vous en tiendra pas rigueur. Tâchez surtout de vous arrêter de temps en temps dans votre exposé pour regarder le jury **droit dans les yeux**, et vous assurer qu'une communication existe entre vous. Et le jury, dans le miroir, c'est vous.

En début d'année : mûrir ses projets	Un mois avant l'épreuve : s'exercer
• Se renseigner sur les thèmes en lien avec ses spécialités • Faire des lectures variées • Discuter avec ses professeurs • Discuter avec d'autres spécialistes, des membres de la famille, etc.	• Élocution • Gestuelle • Mémorisation • Répétitions
En milieu d'année : se décider	**La veille de l'épreuve : se détendre**
• Choisir définitivement les deux questions du Grand oral • Faire ses vœux d'orientation	• Réviser tranquillement • Se préparer mentalement • Organiser son trajet
Deux mois avant l'épreuve : rédiger	**Le jour J : à vous de jouer !**
• Structuration de l'exposé des deux questions • Mise en forme • Rédaction	• S'exprimer sereinement • Être à l'écoute du jury

➔ Le *kairos*

En philosophie, le concept de *kairos* (*καιρός*) désigne le « bon moment », l'instant T où une opportunité à saisir se présente. Il est apparu chez les Grecs sous la forme d'un petit dieu ailé Kairos, qu'il faut attraper quand il passe. Trois possibilités existent alors : 1) On ne le voit pas. 2) On le voit et on ne fait rien. 3) On le voit et on l'attrape au moment où il passe.
L'épreuve constitue un *kairos* imposé institutionnellement : un moment où vous œuvrez pour l'obtention de votre baccalauréat, et où vous entrouvrez la porte des examens et concours oraux du supérieur.
Aux diverses étapes de votre préparation, imaginez donc votre oral comme une **opportunité** pour vous exprimer sur un sujet intelligent, et en même temps en lien avec votre personnalité et vos aspirations. Et comme tout *kairos*, il convient de trouver la bonne détermination pour le saisir, celle qui n'entraîne pas une perte de vos moyens.

Le Jour J

Certes, l'épreuve compte dans votre note finale du baccalauréat. En cela, l'enjeu existe. Mais il est peut-être préférable de dédramatiser ce moment, en l'envisageant aussi comme un **entraînement** à d'autres épreuves à venir, ou du moins une **première expérience**.

Ce format d'épreuve, qui consiste à présenter son sujet, faire le lien avec soi-même et répondre à des questions sur son sujet ou sur soi-même, n'est autre qu'un format **d'entretien d'embauche** ! Il s'agit d'une première mise en situation concrète, assez importante pour ne pas la minimiser, mais largement rattrapable en cas de performance mitigée. Souvenez-vous : c'est en forgeant qu'on devient forgeron.

Évidemment, il est conseillé de **se coucher tôt**, de faire une nuit complète de sommeil, et de se **lever largement en avance** pour se préparer tranquillement. Mais en réalité, ne soyez **pas obsédé par votre sommeil**. Si vous avez peu, voire pas du tout, dormi, ce n'est pas grave du tout. Le corps dispose de toutes ses ressources le lendemain d'une nuit blanche. Très souvent, on se concentre même mieux après une nuit agitée, qu'après un sommeil trop lourd.

Courbet, *La Fileuse endormie*, v. 1853.

Ensuite, les recommandations classiques s'imposent : petit-déjeunez et déjeunez normalement. N'arrivez pas à l'épreuve **le ventre vide.** Sans parler d'hypoglycémie, le risque est grand de se sentir faible sous le coup de l'émotion. Donc mangez, même sans plaisir, et de quoi tenir bon !

Un oral n'est tout de même pas un véritable entretien d'embauche, ni une cérémonie de gala. Inversement, vous n'allez pas à la plage. Trouvez donc un équilibre **entre formel et décontracté**. Évitez les fantaisies. Pour les garçons comme pour les filles, une chemise, un jean ou pantalon cintré et des chaussures de ville suffisent.

Vous devez évidemment **arriver à l'avance**, et prévoir une marge lors de votre trajet. L'idéal serait que vous profitiez du chemin pour faire **un dernier feedback mental**. Mais la priorité pour vous est d'**atténuer l'anxiété** – tout à fait naturelle, rappelons-le.

Ainsi, que vous préfériez être accompagné ou non, parler avec votre accompagnateur ou non, dans tous les cas, faites ce qui vous correspond le mieux.

Une fois sur place, **assurez-vous d'être au bon endroit**. Des surveillants seront là pour vous guider, et même un chef de centre en cas de problème. Ne restez pas dans le flou par gêne ou timidité ! Mettez en pratique les exercices précédents pour demander des renseignements, même si vous avez tendance à ne pas oser.

Un examinateur ou un surveillant vous demandera de rentrer dans la salle. Soyez **poli**, sans exagération. Dans les interactions avant le début de votre exposé, **regardez calmement votre jury**, et **souriez**. Vous avez le droit d'avoir l'air anxieux ou emprunté. N'essayez pas de lutter coûte que coûte contre votre appréhension, et en même temps n'évitez pas la communication directe avec vos interlocuteurs.

La bienveillance du jury

Même s'il ne l'exprime pas, le jury sera **bienveillant** ! Ne tentez pas de deviner ce à quoi vos examinateurs sont en train de penser. Vous communiquez avec eux, mais ne **surinterprétez** pas la moindre de leurs mimiques.

Ils voient passer de nombreux candidats, sont peut-être eux-mêmes fatigués, font des liens entre ce que vous dites et d'autres idées. En somme, mille raisons indépendantes de votre prestation peuvent expliquer leurs expressions.

Dans leur notation, ils valoriseront nécessairement la **bonne volonté** et le **travail fourni**. Focalisez-vous sur cette idée.

→ L'entrée en scène chez Louis Jouvet

Le célèbre acteur, metteur en scène et professeur d'art dramatique Louis Jouvet répétait régulièrement à ses élèves : « Ce qui est le plus important, c'est l'entrée en scène. » Certes, le candidat n'a pas à se mettre dans la peau d'un personnage très éloigné de lui-même, comme le ferait un comédien. Mais il joue tout de même un rôle, qu'il a travaillé en amont. D'une certaine façon, se considérer comme un acteur qui entre en scène permet de se détacher de la pression du moment, de le vivre comme un jeu et de s'y immerger pleinement. Juste avant de mettre le pied dans la salle du jury, pensez à ces différents conseils :

- Entrer vite et bien, sans hésiter, avec un bon équilibre entre assurance et modestie.
- Rester concentré sur la situation, avec une grande attention à son environnement immédiat.
- Ressentir physiquement son propre personnage.
- Marcher la posture droite et le pas régulier.
- Respirer son texte. Les mots que l'on prononce doivent épouser le souffle.

✗ À éviter coûte que coûte

- Mal organiser son temps d'arrivée.
- Ne pas s'assurer qu'on est devant la bonne salle.
- Se laisser impressionner par le jury.
- Trop interpréter les réactions du jury.

Crédits iconographiques

Couverture
© Atstock Productions/iStock

Présentation de l'épreuve
p. 6 © tumsasedgars/iStock ; p. 7 WikiCommons ;
p. 8 Napoléon, WikiCommons ; étudiante © AntonioGuillem/iStock

Le choix des deux questions
p. 10 WikiCommons ; p. 11 Mentor, WikiCommons ; Internet © ijeab/iStock ;
p. 14 Valley curtain, WikiCommons ; drapeaux © AdrianHancu/iStock ; étudiant © franckreporter/iStock ; p. 16 © davizro/iStock ;
p. 17 manifestation © MHM55 ; Milankovitch, WikiCommons ; p. 18 WikiCommons ; p. 19 WikiCommons

La présentation d'une question
Le Greco, WikiCommons ; Rembrandt, WikiCommons ; Christiane Taubira
par Claude Truong-Ngoc/Wikimedia Commons, CC BY-SA 3.0 ;
Robert Badinter par iBooCREATION - Travail personnel, CC BY-SA 3.0 ; p. 31 WikiCommons ;
Vaclav Havel, Par Jiří Jiroutek, CC BY 3.0 ; © izusek/iStock ;

L'échange avec le jury
p. 40 © kate_sept2004/iStock ; p. 44 © joecicak/iStock ;
examinatrice © SeventyFour/iStock
Présenter son projet d'orientation
Angkor Vat par Bjørn Christian Tørrissen -
Travail personnel, CC BY-SA 4.0 ; manifeste Fluxus, WikiCommons ; Thomas Pesquet, WikiCommons

L'expression orale
discours, WikiCommons ; Grammaire © Studio_Serge_Aubert/iStock ; interrogation © Makhbubakhon Ismatova/iStock ;
Dominique de Villepin par Marie-Lan Nguyen -Travail personnel, CC BY 2.5 ; adolescente © FG Trade © izusek/iStock

L'attitude à adopter pendant l'oral
Adolescent © fizkes/iStock ;
mémoire © Deagreez/iStock ; Botticelli par Sandro Botticelli — Travail personnel, CC BY 3.0 ;
horloge Pomodoro par Original téléversé par Erato sur Wikinews italien -
Transféré de it.wikinews à Commons par Fale utilisant CommonsHelper, CC BY-SA 3.0, ; actrice © Surfupvector ;
Courbet, La fileuse endormie, WikiCommons ; horloge © MicroStockHub/iStock

La sérénité à l'oral
p. 82-83 © Ondine32/iStock ; p. 84-85 Tomwang112/iStock ; p. 86-87 © Koldunov/iStock, PeopleImages/iStock ; p. 81 © ZU_09/Signature/iStock ; p. 88-89 © PeopleImages/iStock ; p. 83 © Mikolette/iStock ; © SensorSpot/iStock, © MarkgrafAve/iStock ; p. 90-91 © Yoga Jasmina007 ; p. 89 nageuse © Rudi Silva/iStock

EAN : 9782820813749

Éditions rue des écoles – 15 boulevard Bourdon - 75004 Paris
Achevé d'imprimer en France par l'imprimerie Champagne, en août 2022
Dépôt légal : septembre 2022